JN214169

白薔薇のくちづけ

SATORU
MIZUMORI
水杜サトル

ILLUSTRATION ひゅら

CONTENTS

白薔薇のくちづけ 005
オレだけの白薔薇 227
あとがき 248

白薔薇のくちづけ

あの空には天使が棲んでいるのだろう。

雨上がりの空を見上げて、鹿島奏はそんなふうに思った。

輪郭を金色に染めた雲間から、幾つもの光の道が大地へと降りている。自然の織り成す美しい景色には、神々しさまで感じるほどだ。

「青空が出てきた。今日はもう降らないな」

奏がこの北欧の小国ノースエルヴに来てから一年と二カ月。季節は二度めの春を迎えようとしていた。

日本の北海道より高緯度にあっても、メキシコ湾からの暖流により、気候は比較的穏やかで、四季ははっきりとしている。薄曇りの日が続いた冬が終わり、空が明るく晴れわたる爽やかな季節が到来するのももう間近だ。

奏は椅子に掛けてあったジャンパーを手に取った。それを羽織りながら足早にドアへと向かう。

市街地から離れたこの地域では木造りの家が多く、壁は好みの色のペンキでカラフルに彩られている。そしてどの家の庭にも、お決まりのように、ハーブやベリーが植えられている。

奏のいるこの家は、二部屋の寝室とキッチンなどの水回り、それに少し広めの居間があるだけで些か手狭だが、老人の独居暮らしが多いこの辺りでは至って普通の住宅だ。

違うところがあるとすれば、広い庭。林檎の木を十数本植えられる広さの敷地があり、そこにはベリーなどの果実ではなく、色とりどりの何種類もの薔薇が栽培されている。

「アンジェラにゴールドマリー、それにロイヤルスカーレット…」

庭に出た奏は、薔薇を愛しげに見つめながら、注意深く雨露を払い、肥料を土に混ぜ込んでいく。

二十一歳になったばかりの奏は、ここへ来るまでは日本の大学で薔薇の研究をしていた。

実家の近所で叔父が花屋を営んでおり、小さい時からよくそこへ遊びに出掛けていた奏は、自然と花が好きになった。店にはいつも様々な花が並んでいたが、その中でも一際優雅で艶やかに咲く薔薇に心を惹かれ、奏はいつの頃からか、自分でも咲かせてみたいと思うようになっていった。

そんな奏がある日、見たことのない美しさを誇る薔薇の写真を目にした。それは薔薇交配の権威として名高い、ジョハネという人が栽培するもので、奏は一瞬にして彼の薔薇の虜となった。

彼のもとで薔薇の交配を学びたい。そう思った奏は、冬休みを利用してノースエルヴへ飛んだ。

そこで何とかジョハネに会うことだけは叶ったが、住み込みで勉強したいという突然の要望は、聞き入れてもらえるはずもなかった。

　しかし奏はこうだと決めたことをすぐに諦めてしまえるような、やわな性格ではない。

　日本に一旦帰国すると、すぐに大学を中退してノースエルヴの学校へと入り直した。

　そうして語学はもとより、国王が統治するこの国の歴史や生活習慣を学ぶと、一年後に再びジョハネのもとを訪れた。

　奏の熱意を理解したジョハネは、白い髭を撫でながら考え、長いため息のあとに笑顔を見せて、今度は受け入れてくれたのだ。

　そのジョハネの姿は今、別棟の研究部屋にも温室にもない。講演があると言って、今朝方早くに英国へと渡ったのだ。

　ジョハネを見送った後、奏は庭をくるりと一周した。薔薇を見ながらの朝の散歩は日課となっている。

　散歩を終えると家へと戻り、二人分の毛布を洗濯機に入れて、部屋を掃除する。

　奏はジョハネの研究の助手と、庭の薔薇の世話を任されていた。強制されたわけではないが、ジョハネの研究がスムーズに行われるよう、奏が来る前まで来ていた通いの手伝いの仕事であった家事も、進んでやっているのだ。

　昼前になって、奏は漸く食事にありつく。その時、いきなり雨が降ってきた。

　さほど強い雨ではなかったにしろ、越冬し、蕾をつけたばかりの薔薇は繊細だ。茎が折れたり、蕾が落ちたりしていないかと、奏は腰を折って、庭の薔薇をひとつひとつ丁寧に見て回った。

　水分を含んだ緑の葉が穏やかな陽光に照らされ、きらきらと輝いている。傷ついた薔薇は見当たらない。

　安堵のため息を漏らし、艶のある黒髪を掻き上げたその時、奏は人の気配に顔を上げた。

「えっ……」

　自分の少し前方に立つ人物と視線が合い、奏は思わず息を詰めて固まってしまう。

　早咲きの真っ白なアイスバーグに囲まれて、白シャツの肩にブルーグレー色のニットを掛けた一人の美しい青年が立っている。

　手足が長く、すらりと背の高い、バランスのよい体躯。溢れんばかりに輝く白金の髪を風に泳がせ、すっと鼻すじの通った彫りの深い端整で秀麗な面差しを、白い肌がより際立たせている。

　彼の姿は美しいと言えるが、それは決して女性的なものでなく、長い睫毛の奥にはクールで意志の強そうなアイスブルーの瞳が輝いていた。そして何より、そこに立っているだけで、普通の人とは違った雰囲気が漂ってくる。威厳ある気品が溢れているのだ。

　これ以上はないほどの完璧な容姿の青年は、少し驚いたように奏を見つめ返していた。

「……あ」

　奏は目眩を起こしそうになる。

天使が棲んでいる、と思った空から、本当にそれが舞い降りたのか、それとも西洋の御伽話の中から抜け出てきた王子を、目の当たりにしているのかと、本気でそう思ったからだ。

黒い瞳を見開き、頬を紅潮(こうちょう)させて声を失っている奏を、暫(しばら)く黙って眺めていた青年の双眸(そうぼう)が怪訝(けげん)そうに細められた次の瞬間、薔薇の庭に聞きなれない声が響いた。

「君は誰だ?」

低い男の声で、奏ははっと我に返る。精悍(せいかん)な顔つきをした茶褐色の髪の長身の男が、車のキーを片手に、急ぐように大きな歩幅で近寄ってきた。

「ジョハネは留守なのか?」

青年より少し年上だろうか、二十代半ばに見えるその男が、青年を守るように立ち塞がり、警戒の目を奏に向けてくる。

「あ…」

夢から急に醒めた時のように数回瞬(まばた)きをして、奏はとくとくと鳴ったままの胸を押さえながら、ゆっくりと立ち上がった。何とか現状を把握しようと、首を回して周囲を見てみる。

庭と外部の境(さかい)には柵(さく)が張られてはいるが、入口といえば、低い丸太が門柱の代わりをしているだけで、誰でも入って来られるようになっている。ここは不審者などいない、のど

かな田舎だ。

だから、都市部から離れたこの土地までわざわざ足を運んでくるのは、同業者か、あるいは客くらいのもの。

ジョハネは交配研究の傍ら、育てた薔薇の販売もしている。現に奏は、近所の住人以外にも、ジョハネの薔薇に魅せられた客が何人も花を買うために訪れるのを見ているし、その場に立ち会ってもいる。

どうやら彼らは、車でここへ来たらしい。門先に一本だけ植えられた林檎の木の下に隠すようにして、黒い車が停められているのが目に入る。彼らの素性は不明だが、大きくて立派な車を見れば、この辺りの住民でも、ただの観光客でもないことは明らかだ。

青年は見るからに気位が高そうに見える。どこかの貴族か、またはブルジョアの子息か、とにかく身分のある人物に、奏には思えた。

今までに、こうした雰囲気を持つ人間を目の前にしたことがなかったので、奏は緊張しながら口を開く。

「…ジョハネは外出中で…オレはあの、少し前からここで手伝いをさせてもらいながら、薔薇の交配を教わっている者です」

答える奏の視線を避けるように青年は背を向け、薔薇を見つめた。が、反対に、茶褐色の髪の男は、まだ何か疑問が残るのか、奏の顔を探るように見つめてくる。

　しかし、奏の足元の肥料の袋と土のついたジーパンを見て、やっと納得したかのように片眉を上げ、警戒の姿勢を緩めた。奏はほっと、息を吐く。

「そうか。東洋の子供がなぜこの庭にいるのかと思ったが…そういうことか」

　子供、と言われ、奏はまたか、と肩を落とす。

　中学校を卒業すると同時に止まった身長は一七〇に届かず、骨の細い華奢(きゃしゃ)な身体は肉が薄い。それに加えて、肌は陶器(とうき)のように白く滑(なめ)らかで、淡い紅を差したような艶やかな唇をしている。

　黒い髪と同色の瞳は東洋的な神秘さを持ち、まるで日本人形のように可憐な容姿だ。けれど、奏本人にしてみれば、そんな自身の姿は男として何の魅力も感じられず、そればかりか、女のようだと、コンプレックスにさえなっているのだ。

　とはいえ、同じ年頃の欧米人に比べ、いかに自分が幼く見えるかということは、否応(いやおう)なく理解はしているし、そう扱った相手に悪気がないことも重々わかっている。

　だから今更、腹をたてることもない。

　奏は短く息を吐いて、気を取り直した。

「あの、失礼ですが…どのようなご用件でいらっしゃったのですか?」

　青年を前にしていると、使い慣れない丁寧な言葉が、自然と出てきてしまう。

　奏は二人の顔色を窺いながら、そう切り出してみた。

「今日は知人に贈るための薔薇を分けてもらおうと来たのだが…、ジョハネが留守なら無理か」

今日は、と言った茶褐色の髪の男の言葉に、奏は彼らが客だと判断する。しかも彼らは、勝手知ったるというふうに、車を停めて庭に入って薔薇を見ていた。

奏がここへ来てからの二カ月の間には見なかったが、常連の客かもしれない。

奏は緊張を解いて笑顔を見せた。

「あの、オレでよろしければ、ご用意させていただきますが？」

叔父の店を手伝っていたこともあるので、花の扱いはお手の物だ。最近では、ジョハネの代わりに接客と販売を任せられることも多くなっている。

奏の返事に、男はどうしたものかと、振り返って青年を窺い見た。

それを受け、青年の視線が、薔薇から奏へ、ゆっくりと移される。冷たい、というよりも、感情が見えない瞳だ。

どうしてこの人は、こんなふうに人を見るのだろう、と不思議に感じながらも、奏は客である青年に、今度はにこりと笑顔を返してみた。しかし、青年はそれに応えることもなく、すぐに奏から視線を逸らすと、男に小さく頷いて見せる。

男が僅（わず）かに頭を下げて一歩下がると、青年は初めて、形のいい唇を開いた。

「淡いピンクの薔薇を五十本……咲いていますか？」

穏やかで、そして深く甘い声。

それは完璧な美貌に似合いすぎるもので、奏はまた青年に見蕩れてしまい、思わず言葉を失った。

けれど、そんな様子を、青年に眉を顰めて見られ、奏は慌てて返答する。

「――っと、は、はい。それならブライダルピンクが温室にあります」

言いながら、奏は背後の温室を振り返った。

「…ブライダルピンクですか…ではそれで」

青年の柔らかな声音に、奏は内心でほうっ、と息をつく。

「えっと、五十…でしたね。選定に少しお時間をいただくことになります。お茶をお淹れしますので、こちらでお待ちください」

花を用意する間、いつも奏はローズティーで客をもてなしている。ジョハネに淹れ方を教わったものだが、今では奏の淹れたもののほうが美味しいと好評で、お茶を目当てに来る客もいるほどだ。

どうぞ、と笑って、奏がガラス張りの温室のそばに置かれたテーブルセットを指し示すと、二人は一瞬だけ顔を見合わせてから、案内されたテーブルへと足を向けた。

「…四五、四六……五十、と」

温室に入って十分余り。形よく開花したものを選別して、奏は薔薇を切り揃えた。あとは纏めるだけなのだが、数に不備があってはいけない。奏は数え直すために、改めて薔薇を一本ずつ、手に取った。

柔らかな光沢を放つ、薄ピンクの花弁が美しい。けれど、このブライダルピンクよりも、いや、ここに咲く全ての薔薇よりも、突然現れたあの青年は気品に満ちていて綺麗だと思う。雨上がりの澄んだ陽光を一身に受け、きらきらと眩しく光り輝いていた。

奏は青年の姿を思い出すと、視点がほわっ、と霞んで、現実の光景が見えなくなってしまった。

「あんなに綺麗な人は見たことがないなぁ。どこに住んでいるんだろ…何をしている人なんだろ…」

そんなふうに無意識に考えてしまって、独り呟く。

ぼーっとしながら、ため息と同時に薔薇を落としそうになり、あっと声をあげた。

「っと、いけない、いけない」

客を待たせているというのに、ついぼんやりとしてしまった。

奏は熱くなった頬をぺしぺしと叩いて、慌てて仕事を再開させる。

「あれ…？　どこまで数えたっけ」

わからなくなって、奏は情けなさにカクッと頭を垂れる。

よし、もう一度、と顔を上げたその視線の先にあの青年が立っていることに気づいて、奏はびっくりして息が止まった。

「――っ！」

薔薇を切るのに夢中になっていたからか、思考が余所へいってしまっていたからか、人の気配には気づかなかった。

いつからそこにいたのか、お茶を飲んでいるはずの青年が温室へと入って来ていたのだ。

静かな足取りで温室の中を移動しながら、青年はゆっくりと薔薇を見ている。

美しい薔薇に心を奪われるでも、感動するでもない、心情の窺えない青年の瞳と、奏の視線が一瞬、触れ合った。

「あっ…」

奏は、自分の独り言が、青年に聞こえてしまったのではないかと、恥ずかしくて顔から火が出そうになった。

しかし青年は、何も存ぜぬ、といった表情で、すぐに視線を薔薇へと戻した。

どうやら聞かれずに済んだのだと、奏はほっと安心した。だが、それも束の間、青年が手にし、あろうことか香りまで確かめている薔薇を見て、頬から一気に血の気が失せた。

「ちょ、ちょっと、それに触らないでください！」

思わず声が大きくなる。それでも青年は表情を変えずに、静かに目線を寄越しただけだ。

奏は急いで立ちあがって、青年のそばへ駆け寄り、考える余裕もなく、その手首を強く掴んだ。

「これは、他の薔薇とは違うんです。勝手に触られたら困ります！」

言葉は丁寧でも、語気が荒くなる。顔を上気させ、肩で息をする奏に、青年は眉を上げて目を見開いた。その表情は、まるで初めて叱られた子供のようでもあり、しかし、驚きに見開かれた瞳は、すぐに何かを期待するような、そんな輝きを放つものに変わった。

「無礼な！　何をすっ……！」

「しっ、レニィ」

大声に気づいた茶褐色の髪の男が、温室の入口のガラス戸を開けて、急いで中へ入ろうとするのを一言で制し、青年は彼の足を止めた。

「……あっ」

レニィと呼ばれた男の鋭い視線を受け、奏は青年の手首を慌てて離した。

「ご、ごめんなさい…あの、でも…」

「何ですか？　はっきりと言っていいですよ」

言いにくそうに口籠もる奏を見下ろしながら、青年は静かに促した。それを上目で見て、奏は恐る恐る言葉にする。

「…この温室へは立ち入り禁止なんです。それは入口に表記してあります」

声を荒げることなど滅多にない奏が、我を忘れたようになるのには、ちゃんとした理由があった。

温室には特別な株も栽培されている。それは、人工栽培が難しく株数の少ない貴重なものや、交配途中のもの、そして、王家へ上納するためのものなどだ。

数代前から薔薇に携わり、交配や栽培で数々の功績を残してきたジョハネ家は、王家からも信頼を寄せられている。城の薔薇の管理を任されたり、祝い事に必要な花を作ってもいるのだ。

青年が触れていた薔薇はまさにその内のひとつで、昨年婚姻した若い妃に、と現王から発注を受けているもの。新種として完成形になるにはまだ不安定な株で、奏自身も容易に触れられない交配実験途中の薔薇だ。

そんな大切な薔薇を青年が手に取っていたのだから、奏が驚愕して注意してしまうのも無理はないのだ。

「僕を叱っているのですか？」

「……え？」

青年は奏の顔をまじまじと直視してくる。その瞳がどこか楽しげにさえ見え、憤りを覚える。しかし、この薔薇が、そんな重要なものだと、青年は思いもしなかったのだろう。

だから奏は、まずそれを彼に伝えなくてはと、怒りをぐっと飲み込んだ。

「立ち入り禁止…ということは、特別な場所ということ。ここは庭とは違って、誰もが自由に出入りしていいところではないのです。温室では、とても大切な薔薇が育てられているんです」

周りの薔薇を指差しながら、奏は丁寧に説明した。それでも青年は、唇に薄く笑みまで作って、ただ奏を眺めている。

奏は真面目に話していることを笑われたようで、かぁっ、と頭に血が上った。

「なっ、何を笑って……こっちは真剣に怒って……うあっ！」

一歩前に出たところを強い力で腰をとられ、引き寄せられた拍子に、青年の唇が鼻先に触れた。

青年のコロンだろうか、甘いバニラの香りがふわりと鼻を掠める。

「…う」

至近距離で見る青年は、恐れを抱くほどに美麗で気圧される。

しかし、そんな彼に見蕩れている場合ではない。どんなに綺麗でも男には違いないし、同性にこんなふうに抱き寄せられるなんて有り得ないことだと思った。

奏は頭を大きく左右に振って、どきどきとする胸に、落ち着け、と必死に言い聞かせた。

束縛する腕から逃れようと、身体を捩る。

「……何すっ……」

けれど、青年の力は紛(まぎ)れも無く男のものだった。奏が必死でもがいても、涼しい表情で見下ろしている。

同じ男として、力で負けを認めるのは悔しくて情けないが、青年の目線は奏が見上げる位置にある。すらりとした身体でも、日本人とは体格が違う。しなやかで美しい筋肉は奏にはないものだ。

「やっ…もう離…せよっ！」

力では勝ち目がないと判断して、奏は暴れるのをやめ、羞恥(しゅうち)で顔面を真っ赤にして、泣きそうになりながらも青年の顔を睨(にら)みつけた。

何を考えているのかわからない笑顔が見下ろしてくる。青年は目を細め、ふっと吐息で笑って、奏の顎(あご)に指をかけた。

「あっ…な…っ！」

くい、と持ち上げられ、青年との距離がもっと近くなる。唇同士が触れ合うぎりぎりのところで、青年は奏の瞳の奥を覗き込んできた。

「決めました。あなたしかいない」

「……え…？」

アイスブルーの瞳が妖(あや)しい光を放って、奏の視線を搦(から)め取る。

強い腕に身体の自由を奪われ、さらに視覚までとらわれた奏は、蛇（へび）に睨まれた蛙（かえる）のように、凍りついて身動きができなくなった。

唇だけが微かに震えている。そこに視線を落として、青年は諭（さと）すように囁いた。

「本当なら今すぐにでも、あなたに渡したいものがあります。けれど、あいにくそれを持ち合わせていないのです……後日、またお目にかかるとしましょう」

青年は静かにそう言って腕を解いた。

「…あ……」

支えを失った奏は、青年の顔を見上げたまま、へなへなと力無く座り込んでしまう。

言葉もなく、呆然とする奏に微笑み、青年は名残惜しげに背を向けた。

レニィがすぐさま外から入口の戸を開ける。そこで青年はもう一度、動けないでいる奏を肩越しに返り見てから出て行った。

青年と交代するように温室へと入ってきたレニィは、失礼、とだけ言い、土の上に散らばった五十本のブライダルピンクを纏めて抱え上げた。そして、速やかに青年のあとを追って行った。

「……あ」

その光景を視界の隅に映しながら、奏は鳴り止まない大きな胸の音を聞きながら、やっとの思いで呼吸をしていた。

天使か王子か、と惑うほどの美しい青年が現れ、そして去った日。

温室に独り残された奏は、その後も暫く座ったまま動けなかった。やっと立ち上がり、温室から出た頃には空に星が瞬いていた。

とにかく頭が混乱して、何も手につかず、ベッドへと直行したことだけは覚えている。

けれど、布団に潜っても、奏はなかなか寝つけなかった。

青年の顔と声と匂い、体温を忘れられないでいる自分の身体が、なぜか小さく震えている。

奏はそんな自身を抱き締め、ぎゅっ、と固く目を瞑って、一刻も早い眠りが訪れるよう祈りながら、長い夜を過ごした。

聞き慣れた野鳥の声で目覚めた奏は、布団に潜り込んでいる自分が、土のついた服のままであることに愕然(がくぜん)として、慌てて飛び起き、急いで庭の温室へ向かった。

「やっぱり現実だったんだな…」

切り取られたブライダルピンクを見て、自身に言い聞かせるように独りごちた。

よく眠れなかったから身体が重い。家の中へ戻って朝食の用意をしようとしたが、食欲がないのでミルクだけにする。なかなか元に戻らない寝癖を整え、再び庭に出たところ、常連客が街からやって来た。

他愛(たあい)ない世間話をしてお茶を淹れる。妻の誕生日に赤い薔薇を、という初老の男性のリクエストに応えて、ロイヤルスカーレットでブーケを作った。

喜んでくれたのかどうかは、顔を皺(しわ)でいっぱいにした彼の笑顔を見ればわかる。

気をつけて、と安全運転を促して車を見送ってすぐに、三軒隣のおばあさん、ロージィが、フランスに住む息子が孫を連れて二年ぶりに帰ってくるの、と嬉しそうに話しかけてきた。

◆　◆

部屋を明るくしたいと言われ、奏は赤、白、黄色の薔薇をバランスよく選んで手渡してあげた。

気さくな奏は、すぐに住人に受け入れられ、ここでの生活にもすっかり馴染んでいる。

そうして忙しく時間を過ごしているうちに、気がつけば、普段どおりに過ごしていた。

青年のことを、綺麗さっぱり頭から消去できたわけではない。心の片隅に引っ掛かってはいる。

一度見たら忘れない、息が止まるほどに美しい青年に接近され、腰を抱かれた。

思い出せば、恥ずかしくて頬が染まってきてしまう。

だから奏は、それ以上を考えないように、無理矢理に思考を違う方向へと走らせた。

「あ、そうそう、花代を貰ってないじゃないか」

と、現実的なことを考えてみる。

しかし、ブライダルピンク五十本分の簡単な代金の計算も、落ち着かない気持ちのせいか、なかなかできないのであった。

翌日の午後、奏は虫除けの薬を薔薇に散布(さんぷ)していた。

「これとこれ、掛け合わせたら、きっと綺麗な紫(むらさき)になるな。あ、こっちのはあの白と…」

時々手を休め、ひらめきに独りでわくわくする。

奏がここに来たのは、美味しくお茶を淹れるためでも、花を切り売りしたりするためでもない。

人と話をするのも好きだし、薔薇に触れていられるのならば、それはそれで幸せだ。だが、本来の目的は、ジョハネに交配を教わることで、そのためにはるばる日本から来たのだ。

ここまで多種多様な薔薇が一堂に植えられている場所はない。その中にいて、奏の研究意欲は増すばかりだ。だから、ジョハネに交配を教えてもらっている時が、一番の至福の時と言える。

充足に満ちた笑顔で、奏は薔薇を見渡した。

三六〇度、ゆっくりと走らせた視線が、ある薔薇のところで止まる。

「…アイスバーグ」

この花を見ると、奏の脳裏には、どうしてもあの青年の顔が浮かんできてしまう。

忘れたつもりでいても、奏の胸の中にしっかりと記憶されている証拠だ。

「…困ったな」

そんな自分に動揺し、奏は苦笑いを浮かべながら、痒くもない頬を人差し指で掻く。

その時、背後から、車のエンジン音が聞こえてきた。はっとして振り向くと、黄色いワーゲンが門から入ってくるのが目に入る。ジョハネの愛車だ。

薬を散布し終えたホースをその場へ置き、奏は急いで車まで走り寄って、下車したジョハネに声を掛けた。

「おかえりなさい。講演はどうでした？」

「ただいまソウ。まぁいつもどおりに有意義(ゆうぎ)なものだったよ。それより……」

ジョハネはドアを閉めると、そそくさと車の後ろに回り、トランクを開けて小さなひとつの鉢植えを取り出した。それを目にした途端、一瞬にして奏の瞳が輝くのを見て、ジョハネは白い髭の奥で笑みを作り、嬉しそうにウインクする。

「ゴールドバニーのアルビノじゃ。デンマークの王宮の庭で見つかったらしい」

「アルビノ……」

ゴールドバニーは通常、黄色の花弁を持つ薔薇である。けれど、ジョハネの持つ鉢には、花弁が透けるほどに白いゴールドバニーが一輪咲いていた。

珍しいアルビノに、瞬く間に奏の視線が釘づけになる。

「わしはこれから変異の原因を調べるから夕飯はいらんよ。悪いが適当に食べておいておくれ」

「え？　ええっ？　ちょ、ちょっ…」

そう言うと、ジョハネは奏に構わず、さも大事そうに鉢を抱えて、いそいそと研究部屋へと入っていった。

「……ったく」

薔薇のこととなると、ジョハネは他が見えなくなる。それは奏も同じで、本当ならばジョハネの後を追って行きたい。

しかし、日本の大学で少し学んだだけの自分が、ジョハネのような権威者の研究の全ての場所に、つき合わせてもらうなんてことはできない。時として、邪魔になることだってあるのだ。

ジョハネのあの様子を見ると、声をかけてもらえるまでは、おとなしく待っていたほうがいいだろう。

奏は残念そうなため息をひとつだけついて、それから両腕を上げて身体を伸ばした。

「――っんん。さぁてと…」

放ったらかしにしていたホースを拾い、丸めて物置へと運ぶ。

木製の物置は古く、扉は立てつけが悪くなっていて、開閉に少しコツが要る。奏はそれを承知していて、うまく一度で扉を閉じた。

「よ…っと。んー…ちょっとお腹が空いたなぁ。あ、そういえば、セーナおばさんにもらったラズベリーのジャムがまだあったな」

好物のベリージャムをライ麦パンに塗って、それをおやつにしよう、食べ終わった頃に、ジョハネさんが呼んでくれたらいいんだけどな、とそう考えて、奏は一人笑みを零した。

お茶は何を淹れようかと思いながら踵を返す。その時、足元に長い影が差して、奏は目線を上げた。

「……あ…」

「楽しそうですね。何か良いことがありましたか?」

深く甘い声と、仄かに香るバニラに似た匂いに、意識しなくとも、奏の喉が自然と上下する。

傾きかけた太陽を背にし、輝く白金の髪を揺らした目の前の人物は、紛れも無く——彼だった。シルクのシャツの上にジャケットを羽織り、美しく微笑んでいる。

「な…んで……また…」

彼の麗姿に、冷たいのか熱いのか、わからない汗が流れた。

恐れる必要なんて何もない。それなのに、青年を前にした奏は、なぜかまた緊張して、鼓動が激しくなってしまう。単なる威圧感ではなく、どう対処したらいいのかわからない焦りのような感情が湧いてきて仕方がない。

けれど青年は、初めて会った時のような、冷たい瞳をしてはいなかった。白に近い金色の長い睫毛が縁取るアイスブルーの瞳で、優しげに奏を見つめている。

「なぜって、また後日、とお会いすることを約束したでしょう?」

じり、と一歩後退り、物置の扉に背をつけて唖然とする奏に、青年は華やかな笑みを贈る。

「…約束…って、そんなの…オレは…」

たどたどしい奏の言葉に眉を上げ、呆れたように青年は肩を竦めた。

「あなたに渡したいものがあると伝えたはずですが…」

「あっ、そ、それって、花代だよね、ちょっと待ってください。そ、それなら今ジョハネを…」

つい、と距離を詰めた青年から逃れるように顔を背け、咄嗟に奏は思いつきのままに言い繕った。

一昨日のようにまた腰を攫われ、自由を奪われてしまったらと、青年の腕の強さと熱を思い出して焦ったのだ。

しかし、急いで離れようとした奏の目の前にしなやかな腕が伸ばされ、行く手を遮られる。

「うっ……」

後ろに下がろうとすれば、そこももう片方の腕が道を塞いでいた。

青年のテリトリーの中に取り込まれ、奏はどうしていいのか、冷静に考えることができなくなる。

「ジョハネではなく、あなたに用があるのです」

　穏やかではあるが抵抗は許さない、そんな声音で、青年は背を屈めて無理やりに目線を合わせてくる。

「な……にを…」

　左右に揺れる黒い瞳の前に、青年が内ポケットから取り出した何かを差し出した。

「ひっ………っ…」

　何だ、と思わず奏は目を瞑ってしまう。だが、やんわりとした芳香を感じ、そろと薄く、ゆっくりと瞳を開いてみる。

「え…これ…は?」

　差し出されたそのものに焦点が合った途端、奏の心臓が跳ねた。

　茎に白いリボンを巻かれた、上品で高貴な光沢を放つ、一輪の真珠色(しんじゅいろ)の薔薇の蕾。何の種類かわからない、初めて見る美しい蕾だ。

　奏は逃げ出そうとしたことを忘れ、目の前のそれを食い入るように見つめた。

　思わず手に取りかけたところを躱(かわ)され、空振りをくらった奏は、はっとして青年の顔を見た。涼やかな双眸が細められ、奏を優しく見つめている。

「僕のことは、クリスとお呼びください」

　そう名乗ってから、クリスは奏の頬に指先でそっと触れて、問い掛けてくる。

「この薔薇を贈るあなたの名前を教えてください」

「あ……」

奏の胸が早鐘(はやがね)のように鳴りだし、唇が無意識に動く。

「そ…奏……鹿島奏…」

「ソウ……」

息苦しくなりながらも、何とか自分の名を告げると、クリスと名乗った青年は、口の中で小さく繰り返して、心地良さそうにふわりと微笑んだ。

「あ……」

甘い声に名前を呼ばれて、奏は胸の奥をくすぐられるような感覚になる。戸惑いながら目線を上げると、クリスは蕾に口づけをしていた。

そしてその蕾を、奏に受け取るように目配せしてくる。

「いいの…?」

「ええ、どうぞ。あなたのために持ってきたのです」

上目遣いで尋ねる奏に、クリスは軽く頷いた。

なぜこの薔薇をオレに?　と考えつつも、奏は目の前の誘惑に乗る。初めて見る薔薇と、クリスの艶やかな笑みにどきどきしながら、白いリボンのついた蕾を受け取った。

花が奏の手に渡ったのを確認すると、クリスは安心したように短くため息を漏らし、一際鮮やかな笑みを浮かべた。

「…うっ」

　意味深な目つきでじっくりと眺められ、奏は慌てて薔薇に視線を落とした。

　クリスの姿を模写したかのように、気高く、美麗な薔薇に感嘆のため息が零れる。

　奏は脆いガラス細工に触れるかのように、薔薇を優しい手つきで扱い、色々な角度から眺め見てみた。深い緑の葉に、丸みを帯びた刺。ふっくらとした花萼から、黄金の縁取りのある瑞々しい白い花弁がのぞいている。

　花弁はまだ堅く閉じているが、開花すれば、その華麗さはきっと、ジョハネが持ち帰ったゴールドバニーのアルビノさえ、足元にも及ばないだろう。

「凄い…綺麗…だ…」

　惚けたように呟く奏の黒髪をクリスが掻き上げ、耳元近くに唇を寄せた。

「花が咲く頃に、迎えにきます…」

　熱い吐息交じりに囁いた唇が移動して、高揚した奏の頬に、すっと押し当てられる。

「……えっ？」

　頬に感じた体温の在処に、奏は瞳を向けた。小さな音をたてて離れた唇を目で追い、何が起こったのかと茫然とする。

「え…な……に」

キス……された？

まさか、と否定してみても、頬にはクリスの唇の感触が微かに残っている。震える指先でそこに触れて、奏は頬を熱く火照らせた。

「それまでの間、僕は焦がれる思いを楽しみながら過ごすとしましょう」

切なげに伏せた白金色の睫毛の隙間から、アイスブルーの光が零れる。

その言葉の意味は、奏には全くわからず、顔を強張らせてクリスを見上げた。

暫くクリスはその反応を楽しそうに眺め下ろしていたが、奏を呼ぶ誰かの声に気づいた瞬間に、瞳と唇からさっ、と笑みを消した。初対面の時に見せた、人を受けつけない固い表情になる。

そして、声が近づく前に身を翻し、擦れ違う人の目を避けるように足早に立ち去って行く。

黒い車が門前に停車していて、レニィがドアを開けて待っている。後部座席にクリスが乗り込むと、レニィは丁寧にドアを閉めて運転席へと回り、速やかに車を発進させた。

車内からこっちを見ていたクリスの表情は、はっきりとは見えなかった。けれど、微かな笑みを贈られたような気がする。

それでも奏は、ただ茫然としたまま、瞳を宙にさまよわせて頬を手で押さえ、立ち竦んで車を見送ることしかできなかった。

「……ふ……――っ……」

白木のキッチンテーブルに頬杖をついて、奏はもう何度目かのため息をついていた。

クリスと名乗った青年から貰った薔薇の蕾を目の前に置いて、小一時間、ぼうっと眺めている。

突如キスされた衝撃は漸く収まりかけていて、頬の赤みも薄れ、胸の鼓動も通常の早さに戻っていた。

あれは挨拶。日本人の握手と同じ、欧米人流の挨拶だ。先日、ジャムを御裾分けに来てくれた近所のセーナおばさんともキスをした。

それに親しくなった常連客とだって、と思い出しては納得して、クリスに受けたキスもそれらの類いなのだと、奏は自分自身にそう無理押ししていた。

なのに、さっきからなぜか、意味不明なため息だけは止まらないのだ。

「渡したいもの……そういえば、前に来た時にそう言ってたような気がするな。……この薔薇がそうだったのかな」

クリスがくれた薔薇は、写真や資料でさえ見たことのないものだ。

「これも何かの突然変異なのかな。でも……」

　なぜ、彼がこれを奏に渡したのかが、いくら考えてもわからない。自分にどうしろというのだ。薔薇のことなら、ジョハネのはずだ。

　しかも、こんなに珍しい種なのだから、と奏は茎に巻かれた白いリボンに触れ、小首を傾げた。

　受け取った時は、花にばかり夢中になっていて、リボンにまで意識がいかなかったのだ。

　白地に金色の縁取りは、薔薇の蕾と同色。そこに金糸で剣に蔓薔薇(つるばら)が絡んだ絵柄が刺繍(ししゅう)されてある。

　これに何か意味があるのだろうか、と薔薇を掲げて首を捻(ひね)った時、背後で、キン、キン、という金属が床にばらけ落ちる高い音がした。

「わっ！」

　音にびくっ、として振り向くと、丸い眼鏡をずり下げて、口をあんぐりと開けたジョハネが立っていた。足元には実験で使う金属の掻き混ぜ棒が散らばっている。

「ジョ、ジョハネさん、どうし…」

「そっ…それは………」

　ジョハネには奏の声が届いてないようだ。奏が掲げる薔薇に、一直線に目線が伸びている。

「ちょ、ちょっと、何？　どうしたんですか？」

ジョハネの顔色がみるみる悪くなっていく。足が震えて今にも倒れそうだ。

奏はそんな様子の彼が心配で、薔薇をテーブルに置いて、急いで駆け寄った。

けれどジョハネは奏の腕を解いて、そのままよろよろとテーブルの前まで歩いていき、息を殺して薔薇を凝視する。

「ソウ…、この薔薇は…どうしたんじゃ?」

額に汗を浮かべ、薔薇から目を逸らすことなく、ジョハネは重苦しい口調で奏に尋ねた。

「え? あ、これは先日薔薇を買いに来た人から、さっき貰ったものなんだけど…」

そう言った奏の顔を見て、ジョハネは大きく双眸を見開き、ゴクリと唾(つば)を飲んでから呟いた。

「…キングス・ローズじゃ……」

「え? 何? キン?」

ジョハネの声が震えていて、言葉がはっきりと聞き取れなかった。奏は聞き返したが、ジョハネの口からは、それ以上、もう何も声が出てこなかった。

◆　　◆

天空一面に星が瞬く夜。

時刻は午後の十時を少し過ぎた頃だが、老人ばかりが多く住むこの辺りでは、もう真夜中といえる。どの家も消灯し、皆が眠りについている。健康的で規則正しい生活をしているのだ。

明かりが灯されているのはジョハネの家くらいで、その門前には、国旗を掲げた黒のリムジンが一台停められており、きっちりとした正装姿の運転士が乗っていた。

普段ならばこの時間、隣近所の家と同じく、朝の早いジョハネと奏も就寝している。けれど、今夜は二人とも、パジャマに着替えさえしていなかった。

「ジョハネ、夜分にすまないな」

「いえ…レニィさん、それは構わないんですがね……」

ジョハネが玄関先で迎えているのは、クリスと一緒にいた茶褐色の髪の長身の男、レニィだ。

庭で見た時は、セーターにパンツといった軽装だった。しかし今は、グレーのスーツに濃紺のネクタイを締め、髪を後ろでひとつに束ねている。

「どうかしたか？　何か問題でも？」

そう聞くレニィに、ジョハネは申し訳なさそうに眉を下げて、後ろを返り見る。ジョハネの視線の先を、レニィも目で追った。

金縁に真珠色の花弁の薔薇を手に持ち俯いた奏が、僅かに震えながら立っていた。薔薇は奏の胸の前で、しなやかで美しいドレープを幾重（いくえ）にも連ならせ、見事な大輪の花を開かせている。

『キングス・ローズ』――それが、この薔薇の呼称だった。

数世紀前、一人の薔薇職人が王家に命じられ、特別に交配して作った薔薇で、以後、その職人の一族だけが、王家の所有する土地のみで栽培を許されている、門外不出（もんがいふしゅつ）のものだ。

そして職人の血縁者であり、キングス・ローズ栽培の後継者、それこそがジョハネだった。

「お…オレは……その、あの…何も知らなかったんです…」

下を向いたまま、奏が消え入りそうな小声を発すると、レニィはあからさまに眉間に皺を寄せ、首を傾げた。

「何を言ってる？　今更そんな…」

「レニィ」

上から物を言うレニィを、凛とした落ち着いた声が止めた。

その声に、奏はびくっ、と肩を揺らして顔を上げる。

「言葉に気をつけてください。それが僕の婚約者に対する話し方ですか?」

弾かれたように振り向いたレニィの背後から、きらびやかな装飾のついた白の軍服に身を包んだクリスが姿を現した。

「はっ、申し訳ございません」

一歩下がって頭を下げたレニィの横で、ジョハネも胸に手を当て、深々と腰を折っている。

白を基調に金と青のラインが入った国旗を左胸にあしらい、大きく張った襟には、幾つかの勲章と、そして、剣に蔓薔薇が絡んだ紋章が輝いている。その紋章は奏の持つ薔薇に巻かれたリボンに描かれているものと同じだった。

「……あ…」

気品と優雅さがより増し、軍服という男らしい身なりと相俟って、青年には逞しささえ加わって見える。

眩しく光り輝く姿に、奏は息を呑んで、瞬きさえ忘れた。

退いたレニィの前を通り過ぎ、クリスが硬質な靴音を響かせて歩み寄る。品の良い甘い香りが鼻先に届き、奏は咄嗟に身構えるように全身を固くした。

「立派な花が咲きましたね」

クリスはキングス・ローズに目線を落とし、それから満足そうに微笑んで奏の顔を見た。目が合って、奏は慌ててまた俯く。見下ろしてくる視線が熱くて痛い。

けれど、奏は何とか意を決し、顔を起こして口を開いた。

「あ……あの、ク、クリスさ…いえ、クリス……殿下」

いかにも賢明で涼しげな瞳が、奏の言葉に反応して瞬く。

奏よりひとつだけ年上のクリスは、現王ミハイル・ヴィスタフの弟であり、この国の王子であった。レニィは、そのクリスの側近であるらしい。

クリスから薔薇を受け取った五日前、キングス・ローズに秘められた王家の習わしというものを、奏はジョハネから聞かされた。

蕾のキングス・ローズ。それを王家の者から授かることは、求婚を意味するというのだ。そして、花を受け取ると婚約が成立し、開花すれば、リボンに刻まれた紋を持つ王族のもとへ嫁ぐのだと。

「…この薔薇を受け取る意味を、ジョハネさんから聞きました。でも……あの、正直、どうして日本人の…ただの研究者……しかも男であるオレなんかが、この薔薇をいただいたのか……それが理解できません」

信じられなくても、目の前にいるのは紛れも無く本物の王子だ。人見知りしない奏であっても萎縮（いしゅく）するのが当然で、ゆっくりと言葉を選びながら思いを声にした。

対してクリスは、穏やかに答える。

「驚くのは無理もないこと。でもね、僕という一人の人間が選んだ相手が、あなただったというだけ。国籍や性別の壁など問題ではないのです。最初に出会った日に、僕はあなたを妃にすると決めました」

「き、妃って…オレはっ…」

「いいえ」

妃に、とクリスに言われ、奏は真っ赤になった。そんな奏が口を挟みかけるのを少し強い口調で制し、クリスは真剣な表情で言い放つ。

「覆（くつがえ）す権利はもはや、あなたにはありません。あなたは薔薇を受け取った、そこで全てが成立しているのです」

「う……」

初めて厳しく、威圧的にそう言われ、奏は言葉の続きを失う。

「さぁ、ソウ、城へ参りましょう」

クリスは白い手袋の右手を奏に差し出し、来るようにと促す。整えられた美しい指先を見て、奏はどうしていいのかわからず、泣きそうになりながら、小さく首を左右に振った。

「拒めないと言ったでしょう？　――この辺りの住人のほとんどがご老人であることは、

あなたもよくご存じのはず。ここは日中でも静かなところです。いつもなら人目を避けて、目立たぬように訪れていますが、今は違います。寝静まっている皆を騒ぎで起こしたくはないでしょう？」

「あ……」

言われて、近隣の知人たちの顔が奏の脳裏に浮かんだ。クリスの言うとおり、住人は独居の年寄りが多い。夜中に騒いで、不安な思いをさせたくなどない。

困惑の表情を浮かべる奏を見て、クリスは軽く瞼を伏せた。

「わかりました。では、明日の日中に……レニィだけでなく城の者を大勢伴い、鼓笛隊を連れて白馬の馬車で賑やかにお迎えに上がることにしましょう」

「なっ…」

奏が驚愕して見上げると、クリスは口角を上げて、意地悪な笑みを浮かべていた。

「我が花嫁はまだ家が恋しいようです。レニィ、出直しましょうか」

わざとらしく肩を竦め、身体を反転させたクリスを、奏は慌てて呼び止めた。

「あぁ、ま、待って！　待っ…てくだ…さい」

奏の声に、クリスは足を止めて振り返る。

日中に、鼓笛隊に、白馬の馬車――――クリスの言葉を頭の中でリピートし、その光景を思い描いて、奏はぞっ、とした。

だからと言って、自分が王室へ入り、王子の妃になるなんてことは信じられない。

しかし、今ここで覆すことは困難、というより無理だ。

国の王子に逆らうことなど誰もできない。この場に、奏の味方になる者などいないのだ。

それならば、当事者である奏自身が、クリスに嘆願(たんがん)するほかない。

城へ行って、ちゃんと話を聞いてもらおう、今はそれしか方法が思いつかない。

奏は薔薇を握り締めながらクリスを見上げ、コクリ、と頷いた。

ふ、と笑って、再び差し出されたクリスの手に、奏は躊躇(ちゅうちょ)しながらも、震える指先を重ねた。

「僕の花嫁…」

軽く握られた手の甲に口づけられる。

「……っん」

少し硬めの薄い唇が触れる感覚に、奏はぎゅっと目を閉じて、赤面しながら耐える。

唇が静かに離され、そのままゆっくりと手を引かれる。玄関を出たところで後ろを振り返ると、ジョハネの心配そうな顔が目に入った。

「…ジョハネさん」

奏の不安げな呼び掛けに応えるかのように、ジョハネは一歩、足を踏み出した。けれど、困ったように首を横に振り、俯いてしまった。

ジョハネが何も言えないことは、奏にはわかっている。

奏は唇を噛んで、その姿を見届けると、ゆっくりと前を向いた。

運転士が車の後部ドアを開けて待っている。

乗り込む前に、奏はもう一度、振り返った。家の入口に立っているジョハネは、ただ深くお辞儀(じぎ)をしたまま、車を見送っていた。


幾つかの橋を渡り、深い森を潜った小高い丘陵(きゅうりょう)の頂(いただき)、木々に覆われるようにして城は立っていた。

市街地の学校に通っていた頃、美しい城が遠くの景色に見えていた。その城が、数世紀に渡り栄華(えいが)を誇る、ヴィスタフ王の城だということは、当然、街中の誰もが知っていて、安定した国家の象徴だと、皆が尊敬と羨望(せんぼう)の眼差しで王家を崇(あが)め見ていた。

そんな王家の、王子の婚約者として、まさか自分が城内へと足を踏み入れることになろうなどとは、考えもしなかったことだ。

城までの道中、後部座席でクリスは奏の手を握ってきた。びくっとして横を向くと、前方を見つめたまま微笑むクリスの横顔がある。

青白い月光に照らされた艶麗な横顔から、奏は思わず目が離せなくなった。

これ以上は望めない、そんな美貌を持つ青年。しかも王子という特別な存在。自分が男でなければ、彼の求愛をすんなりと受け入れていたかもしれない、とつい考えてしまい、慌てて首を振る。

緊張からか、しっかりと握られた手が汗ばんでくる。振り払うことなど到底できずに、奏は胸を締めつけるような、もどかしい思いに駆られながら、クリスの優しい熱を感じていた。

正門らしき重厚な門を潜り、広大な庭園の中を数分進むと、石灰岩でできた白壁に、鋭い尖塔(せんとう)が印象的な城が姿を見せた。中世的な造りの宮殿は、一目見れば、ここが王の御殿だとわかるほどに、一際大きくて高い。

その前を通り過ぎて庭を横切り、もう暫く走って、御殿から棟続きの大きな扉の前に、リムジンが横づけされた。

「ここが僕の城です。今日からあなたもここに住むのです」

クリスの手が離れる。

「……ぁ」

車中ではずっと握られたままだったので、離されてほっとするかと思えば、クリスの体温が伝わってこない左手が、なぜか頼りなく感じて、それに奏は戸惑ってしまう。

運転士が頭を下げながらドアを開け、クリスが車外へと降りた。

「さぁ、ソウ様も…」

レニィに促され、奏もその後に続いて車を降りる。

すると、クリスの帰りを待っていたかのように、大扉はすぐに開かれた。

「う…あ……眩し…」

一瞬にして、絢爛な目映い世界が、奏の眼前に広がった。

幾つものシャンデリアが吊り下がるホールの吹き抜けの天井は高く、色彩豊かなフレスコ画が描かれてある。床は磨きあげられた大理石で、扉からずらりと左右に使用人が並んでいた。

誰ひとりとして微動だにせず、恭しく深く腰を折り、主であるクリスを出迎えている。

その間を、クリスは冷ややかな表情で颯爽と歩いていく。

奏はクリスの堂々とした後姿を見て、彼が紛れも無くこの国の王子であることを、再確認させられた。そして、自分が今、ここにいることの余りの場違いさに背筋が凍りつき、動けなくなってしまった。

先に進んだクリスが足を止め、奏を返り見る。言葉を発さずとも、奏を呼んでいることがわかる。

それでも奏が進めずにいると、レニィが後ろから軽く背中を押してきた。

「……う…」

極度の緊張の中、奏は両手でキングス・ローズを握り締めながら、やっとの思いで一歩めを踏み出した。左右の使用人たちは、奏に対しても、同じように頭を下げたままだ。王子が連れ帰った大切な人間、そういうことなのだろう。

しかし奏は、こんな扱いを受けるのは、勿論、初めてだ。

何とも言いようのない居心地の悪さに、奏は仰々しい行列の間を抜けるように足を速めて、クリスのもとへと歩み寄った。

奏が自分のそばへ来ると、クリスは再び背を向けて歩き出す。

ホールを抜け、中庭の見える廊下を横切り、幾つかの扉を進んで行ったところで、簡素な黒いドレスに身を包んだ三人のメイドがつき従ってきた。

「空腹ならば、何か用意させますが？」

クリスにふいに尋ねられ、奏は強張って俯きがちだった顔を上げる。

「あ……いえ…」

こんな状況下で、お腹が減るわけがない、と奏は思った。

クリスは頷いて、レニィに目配せをした。

はい、と答えたレニィが、今度はメイドに何か命令をする。

その一連の様子を不安に思いながら見ていると、

「失礼いたします」

と、一礼したメイドが、奏の両脇と背後にぴたりとついた。

「え……?」

「——では、後程」

「ええ…ちょっ……何…」

奏はどういうことか尋ねようとしたが、クリスは顔色ひとつ変えずにそれを無視して背を向け、レニィだけを従えて、廊下を奥へと歩いて行った。

「な……」

残された奏は、クリスの素っ気無い態度に茫然となる。

ジョハネの庭で、奏に求婚の薔薇を渡して頬に口づけし、城に向かう車の中では、握った手を離さなかったクリス。温かな熱に優しさまで感じてしまった。そのクリスが、城へ奏を連れて戻った途端に、顔から笑みを消した。

遠ざかる振り返らない背中に、奏の胸はなぜだかずきん、と痛みを発していた。

数十分後、素肌にナイトガウンを羽織った奏は、困惑したままメイドに連れられ廊下を歩いていた。

あれから奏は、メイドにバスルームへと案内され、強引に服を脱がされた。メイドたちが皆、母親ほどの歳だったとしても、女性に裸を見られるなんて嫌に決まっている。

奏は冗談じゃないと暴れたが、女性といえど多勢（たぜい）に無勢（ぶぜい）。小柄な奏は、体格のよい三人に羽交い締めにされるようにして恥ずかしいところまで人の手によって洗われたあげく、あろうことか尻に何か固い物を入れられたのだ。

余りの衝撃に悲鳴をあげた奏に、ローズオイルを塗っただけだと、メイドは安心させるように笑って言った。

その時の異物感は、今ではもう消えてはいたが、思い出すだけで恥ずかしくなり、歩幅も縮まる。

激しい動悸は未だに収まらない。奏は胸を両手で押さえて、ため息をつきつつ、重い足を進めていた。

暫く歩くと、花の彫刻がなされた厳かな両開きの扉の前に着いた。

メイドが静かに扉をノックする。

部屋の中から入室を許可するクリスの短い声が聞こえた。

扉を開け、メイドが恭しく頭を下げる。

「……わ」

ネオ・ゴシック様式で豪華に飾られた広い寝室に、奏は息を呑んで部屋を見回した。

白いシャツにゆったりとしたズボンのラフな姿のクリスが、天蓋（てんがい）つきの樫木のベッドに腰掛け、本を開いている。

ここへ連れて来られる車中で見た穏やかな表情ではなく、やはり微笑すら浮かべていない。メイドに向ける無表情な顔は、ジョハネの庭で初めて会った時以上だ。

「早くしなさい」

水差しに中身を注ぐメイドに、苛立つように命令するクリスの別人ぶりに、奏は眉を顰めて首を傾げる。

けれど、一礼をしてメイドが出て行くと、今までの態度が嘘のように、クリスはふっ、と視線を緩め、本を閉じて笑った。

「待っていましたよ」

「え…？」

使用人のいる前では、冷めた表情と態度をとっていたのに、奏と二人になると笑顔を見せた。声のトーンだって全然変わった。

そんなクリスに奏は違和感を覚える。

しかし今はそれよりも、話をさせてもらわなければ、と思いなおす。

やっと二人きりになれたのだ。自分がこの国に来た切実な理由と、そのために一年かけて勉強したことを話し、ジョハネのところへ何とか帰してもらおう。

たとえ相手が王子でも、無理なものは無理だと主張してわかってもらわなければ。

奏は、さっきよりも大きくなっている心臓の音を落ち着かせるために深呼吸をして、よし、と呟き、気合を入れて、クリスに向き合った。

「──だから殿下、さっきから何度も言わせていただいてますが、オレは薔薇の交配の勉強をしに…」

「こちらも何度も言っていますよ。僕の花嫁となる人なのに、堅苦しい言葉使いは必要ないと。それに、殿下ではなく、クリスと呼んでください」

「ク、クリ…う……じ、じゃそれはわかりました…いや、わかった。だからオレの話をちゃんと…」

「夫婦になるのです。最も信頼しあえる仲でありたい」

「ふう…ふ…って……」

全く会話が噛み合わない。

こんなちぐはぐな会話を続けて、もう半時間。懸命に嘆願しても、クリスはまともに聞いてもくれないのだ。埒があかず、ついに奏の精神が限界になった。

「いい加減にしろ！　はぐらかさずに聞けよ」

拳を握りながら、とうとう大声を張り上げてしまった。それに対し、クリスはかえって嬉しそうな顔をする。

「――っ…」

いくらクリスが王子であっても、余りに酷い態度だと思う。ふざけたように話の論点をずらされるばかりで、惨めな気持ちにさえなってくる。

それなのになぜか、心臓の音は段々と大きく、鼓動が速くなっていく。

奏は唇を噛みながら、恨めしげにクリスを見た。クリスは両手を開いて肩を竦め、余裕の笑みを見せつけている。

こうなればもう強行突破しかないと、奏は胸元を握り締め、クリスを見ながら、じり、と後退した。そして急いで踵を返し、扉に手をかける。

「無理ですよ」

クリスの言葉を合図にしたかのように、突如として、奏の身体に劇的な変化が起こった。

「――あっ…?」

燻るようにずっと高鳴り続けていた奏の心臓が、ドクンと一際激しく鼓動する。

「う……」

続いて、目眩がしたかと思えば、急な痺れが身体を支配し始め、ガクッと膝が崩れた。

奏は胸を押さえながら、瞬く間にふらふらと真紅の絨毯の上に座り込んでしまった。

「…え…ちょ……な…にこ…れ…っ」

痺れの次に燃えるような激しい熱が全身を襲い、呼吸が乱れていく。

自分の身体に何が起こっているか理解できず、奏は縋るようにクリスを見上げた。

「やっと効いてきましたか」

「……………え？」

クリスの気品溢れる微笑みが、淫蕩なものへと変わった。ベッドから立ち上がったクリスは、苦しそうに喘ぐ奏を見て、アイスブルーの瞳を妖しく細めた。

奏はわけがわからずに目を瞠る。

「…効いた……って、いったい何し……っていうん……んんっ…」

そうしている間にも、身体はどんどん熱くなっていく。熱い、というよりも昂ぶっていく、というほうが正しく、妙な感覚が下半身に湧き起こり始めた。

「…あ…やっ…なに…」

覚えのある感覚である。

薔薇の研究に夢中で、奏は女性との真剣な交際の経験がなかった。とはいえ当然、自慰はしている。触れもしていないのに、なぜかその時と同じような感覚が下半身にあるのだ。

奏はがくがくと打ち震える脚を必死の思いで押さえつけ、一秒ごとに鮮明になる甘い疼きに抵抗する。

「そんなになって……可哀想に」

「…っ…だから、な……にしたん…だ……って…」

顔を紅潮させて、はぁはぁと苦しげに荒い息をする奏を、クリスは軽々と抱き上げた。

「……っ…あ…」

熱い胸に寄せるように横抱きにされる。

「ちょ……やっ…何っ！」

自由の利かない身体は、クリスの思うがままだ。

クリスの足がベッドへと向けられて、奏は咄嗟にぶんぶんと、首を横に振った。

「僕と花嫁の神聖な夜です。忘れられない時間にしてあげますよ」

「……っあ…」

クリスは奏の額に口づけを落として、くすっと笑った。白いシーツの上に、奏を仰向けに寝かせて、すぐに身体を重ねてきた。

「うっ……」

胸が合い、着衣の上からでもクリスの体温が伝わってくる。

「ソウ、真っ赤ですよ」

「……ぅ…」

手の甲で優しく頬に触れられて、奏はびっくりして顔を背けた。

クリスは奏の反応に吐息で笑って、ガウンに手をかける。

「…や、離…せ…」

阻止しようにも、身体に力が入らない。

クリスのなすがままになる。

合わせを開かれ、凹凸のない白い肌が空気に晒された。

「――っ」

思うように動かない身体の代わりに、奏は真上のクリスを、赤くなった瞳で弱々しく睨みつけた。

「そんな顔して、僕を煽っているの？　ちょっと薬を使っただけですよ。花嫁の初夜がより良いものになるように…ね」

悪びれなく、さらりと言ったクリスの台詞で、奏は思い出した。

メイドに風呂で身体を洗われている時に、突然、後ろに何かを入れられたことを、だ。

「何の……くす…」

クリスを睨んでいた眼差しが、みるみる不安の色を混ぜて揺れ始める。それが薬に対する怯えなのか、効果なのか、奏自身にはわからない。

「聞くのですか？　無粋な人ですね。怖がらせておくのも愉快ではありますが……そればかりではいけませんものね…」

少し意地悪な口調で囁いて、クリスは片目を閉じてみせた。

「セックス・ドラッグの一種ですよ」

「セッ…！」

秀麗なクリスの口から出た言葉とは思えず、奏は耳を疑った。

勿論、そういう薬があることくらいは知っている。でも、日本にいた時から今まで、奏は自分の周りで、実際に使用したという話を耳にしたことはなかった。

それを今、自分が体験させられているなんて、と頭の中が真っ白になった。

「効くまでに少し時間がかかりましたね」

「あ……だ…だから、あんな……」

異様なまでの動悸も薬のせいで、真剣に話そうとしていた奏に、クリスがまともな受け答えをしなかったのは、それが効くまでの時間稼ぎだったのだ。

意味深な笑みを浮かべたクリスを見て、奏はそう悟る。

「ひ…ひど……ばかにし…」

「とんでもない。あなたの身体を考えてのことです」

耳元に口を寄せて艶かしく告げ、クリスは充血した柔らかい耳朶に舌を這わせた。

「ひ…あっ…」

生々しい感触に、奏の腰が跳ねる。

唇を徐々に下へと滑らせ、耳から首、そして鎖骨（さこつ）へと、クリスは奏の反応を楽しみながら、啄むような口づけを降らしていく。

「ほら、こんなキスだけで、あなたは感じてる…」

「あぁ…っや…い……はっ…ぁ…ぁ」

揶揄するような言葉に首を振って、胸を押す。だが、抗いにもならない。

クリスは愛撫を続けながら、奏の胸元へと手のひらを滑り込ませ、硬くなって存在を主張する小さな実を探り当てた。

「っ…ぁああ…ん…っ」

手のひらで撫でるように転がされ、奏は甘く切なく吐息する。

「…あぁ…可愛い声です」

「…っ…ふ……ぁ…やぁ…っ、触るな…ぁ…っ」

どこもかしこも、全てが性感帯のようで、奏はそんな自分の身体が怖くなった。

「まずはデザートをいただきましょう」

囁いたクリスが、奏の胸の実に、舌を絡みつかせた。

「――あぁっ」

輪を描くように、ねっとりと舐めあげられ、奏は甲高い声をあげて、びくんと身体を跳ね上げた。

「あぁ…いや…だ……めっ…っ」

うなされるように吐息を弾ませ、奏はクリスの肩を力なく掴んだ。

「素晴らしく感度がいい。それに…高級なシルクのように極上の肌ですね」

「……んん…っ」

淫らな指先と熱い舌が肌を滑るたびに、身悶えて腰が浮く。下半身はすでに勃ち上がって、先端からは蜜が滲み出ていた。

「ソウ、綺麗です…あなたの身体はまるで甘美な罠のよう。誘われる僕は、簡単に罠にかかってしまいそうです」

感嘆しながら、クリスは奏の身体を視線で嬲る。そして、下半身に指を滑らせ、奏の熱の中心をそっと手のひらで包み込んだ。

「…っあ!」

まるでそこに触れられるのを待ち望んでいたかのような、一層高い声が喉奥から溢れてしまう。

奏はそんな自分の声を初めて聞いて驚いたが、もはや漏れる声は防ぎようもなかった。

「あ…んっ……っ」

逃れようと身体を捻っても、容易く押さえつけられてしまう。

「そんなに感じますか?」

「う……ぅぅ…ちが…」

喘ぎながらも首を横に振った。こんな浅ましい感覚に身体中を支配されるのは薬のせいだ、と乱れを必死に否定する。

「そうですか？　身体はこんなに素直なのに強情ですね」

あくまで逆らう奏に、クリスはなぜか満足げに微笑んだ。

ゆっくりと手を滑らせ、敏感な皮膚を擦り上げる。それを何度も繰り返される。

「あぁっ……や………だめ……いや……だぁ……ぁ……」

淫らな形をなぞられ、羞恥ごと揉みしだかれていく。段々と早くなる陵辱に執拗に追い詰められ、ついに大波が押し寄せてきた。

「——っうん！」

小さく痙攣して、奏は白い蜜を散らした。同時に、目尻に溜まっていた涙も、頬を伝って流れ落ちる。

「……ぁ…ぁ…はぁ——…」

高みから急降下するような脱力感に、奏は大きく口を開けて長いため息をつく。そこを、クリスの唇で塞がれた。

「ん……っ…」

熱くぬめる舌を差し入れられ、口内を掻き乱される。巧みな舌先の動きに息を継ぐ間もなく翻弄されていると、背骨を下へと伝う指が秘裂を割った。

奏の放ったもので濡れた指の腹で後孔の縁をなぞられ、つぷりと指先を中へ突き入れられる。

奏は上体を弓なりにさせて声をあげた。

「――あぁっ……ぅ……」

つるりと奥に進んだ指が、何かを探し求めるように内部をまさぐり、溶かしていく。

もはや奏の思考は、自分でコントロールができない状態になっていた。クリスの指の動きだけに全神経が集中してしまう。

後孔が放ついやらしい水音が、奏の心臓を高鳴らせ、深い快楽を教えこんでいく。

互いの体液を交換する激しいキスと、後孔を犯す指に、奏は両足で弱々しくシーツを蹴った。

「…ん…ぁあっ？」

指先がある一点を突いた時、身体が信じられないほどの官能に襲われた。それをクリスは見逃さず、見つけたところを、今度はもっと強く擦り上げる。

「やっ……そっ…そこ…！　いや…だ……ゃめっ…」

「ここですか…ソウの一番感じるところ……」

瞳を細め、クリスが艶っぽく囁く。

「そこ…いやっ…だめ……ぇっ…」

クリスの引っ掻くその場所が、燃えるように熱く脈打つ。しつこいくらいに刺激され、奏は大きく左右に首を振って、激しく悶えた。

「やめて…や……クリ…あぁっ」

否定の言葉を叫びながらも、本当はもっと望んでしまっている。そんな情欲を認めたくないが、意に反して蕩けてしまう顔を見られたくなくて、奏はクリスの首にしがみついた。

「そろそろいいようですね」

艶かしく呟いたクリスが、指の動きを止めた。そして、ゆっくりと奏の中から引き抜いていく。

「あ…ぁ……やぁ…」

けれど、内部を掻き回していた指が後退するのを惜しむかのように、奏はそれを後ろで締めつけてしまう。

「…待って。焦らないで。今、もっとあげるから…」

「…う……ちがっ…」

宥めるように言われ、無意識とはいえ、淫らな反応をしてしまった自分に狼狽(ろうばい)して、奏の胸が羞恥心と嫌悪感でいっぱいになる。

泣きそうに顔を歪める奏を見て、クリスは高揚した頬を優しく撫でた。

「あなただけじゃ不公平ですよね」

そう言って、クリスも自分の着衣を脱ぎ捨てた。北欧人の白い肌、綺麗でしなやかな筋肉、均整のとれた裸体が目前に現れ、奏は思わずその姿に目を奪われる。

「……あ」

惚けたように見蕩れる奏の細い腰に腕を回し、クリスは身体を密着させた。熱く硬いクリスのモノが身体中で一番敏感な皮膚に擦りつけられる。奏は、今から何が起こるのかをやっと理解した。

「……あ…や……待っ…」

弱々しい抵抗を無視し、クリスは秘裂の入口に猛りを押し当てると、くっと先端を突き入れた。そして、もう待てないとばかりに腰を入れて、温かな奏の中を貫いていく。

「…っ…はぁぁ…ぁっ…あぁ…っ…!」

その衝撃に、奏は白い喉を晒して、両目から大粒の涙を零した。

薬のせいもあるのか、充分に解された後ろは、痛みをそれほどに感じない。それよりも、繋がった場所から、どうしようもない甘い快感が全身に広がっていく。

「ソウ…熱い……あなたの熱を感じます。気持ちいい……」

奏をいっぱいに感じるために、クリスは根元まで埋め込んで、じわじわと腰を揺らした。

「あぁっ…やめっ……ぃや…だ」

嫌々、と奏は首を振って、必死に腕を突っぱねる。そうでもしなければ、気がふれそう

になるのだ。

互いの身体の間に挟まれた前は、また蜜を漏らし始めている。

快楽の証拠である蜜を指先で掬いとり、クリスは舌先で舐めとった。

「あなたも感じているのですね…。でももっと、気持ちよくなっていいのですよ」

奥まで入れられた熱い塊がどくどくと脈打ち、奏の一番感じる場所を擦り上げる。

「ん……あぁっ…いやっ、だ…は…あっ…あ……」

恐ろしさを感じるほどの強烈な疼きが、断続的に奏の身体を襲う。

「あっ、あ…あぅ……あ…ん…っっ…」

クリスの動きに合わせて吐息と蜜が漏れ、それを止めることができない。

腰を掴んで激しく揺さぶられ、奏は白いシーツの上に、艶やかな黒髪を散らして喘いだ。

汗ばむ身体からは、薔薇の芳香が匂い立つ。

クリスは奏の香りを胸いっぱいに吸い上げ、うっとりと目を細めた。

「あぁ…ソウ、たまらない…」

肌がぶつかり合うたびに、接合部からはぐちぐち、と卑猥な音がする。耳を塞ぎたくなる恥ずかしい音が生々しさを一層激しくして、奏はますます悦楽の深みへと引きずり込まれていく。

逆らうことなどできない、甘く妖しい快楽に、奏は全てを支配された。身体の奥深くまでクリスに征服され、逃げ道を見つけることすらできずに翻弄される。

もはや身を護るための余力はゼロになり、四肢が完全に力を失う。

それでも、こんなふうになるのは変な薬のせいだ。そう信じて、辛(かろ)うじて矜持(きょうじ)を守る。

失われていく意識の中、クリスの声が響く。

「綺麗で…神秘的な……僕だけの花嫁…あなたがいれば何もいらない……」

クリスは奏を抱き包んで最奥に束縛の印を注ぎ込んだ。


「——っんあっ…！」

自分の叫び声で奏は目を覚ました。

急な覚醒に意識が混濁(こんだく)し、なかなか戻ってこない。荒い息遣いと、酷い耳なりのような心臓の音だけが大きく聞こえていた。

「……あ」

夢の中ででもクリスに求め続けられたのだ。

意識を失っても抱かれては目覚める、それを繰り返す夢をみていた。

だから奏は、この目覚めも偽物じゃないかと疑ってしまう。ぼんやりしたまま、瞳だけを左右に動かして辺りを見回した。

徐々にはっきりしてくる視界の中にクリスの姿はない。

この目覚めが本物だと確信した奏は、深く長いため息をついた。

「……悪夢のほうが、まだましだよ…」

呟いた声は、掠れてしまっている。

奏は重い身体を無理矢理起こして、最低最悪な夢見を振り払うように大きく頭を振る。

身体のあちこちがずきずきと疼くような鈍い痛みに、奏は顔を顰めた。

ジョハネの庭で初めてクリスを見た時、美しいという域に留まらない秀麗な容姿に、思わずときめきまで覚えてしまった。しかしそれは当然、こんな未来を想像してのものではなかった。

悲しいのかつらいのか、奏の胸は今、ぐらぐらと揺れている。なのに身体は、思考とは別なのだ。クリスに抱かれたという事実を思い返すだけで、全身が熱く火照ってしまう。

奏は抵抗するように、自身の腕に爪を突き立てた。

「いたっ……」

けれど、いくら強くしても、痛いだけで、昨夜を忘れることなどできない。

奏はふぅっ、と息を吐いて、虚ろな眼差しで、部屋を見渡してみた。

床から天井まである窓からほんのりと陽光が差し込み、部屋全体は明るい。

この部屋に足を踏み入れた昨日、その豪華さに驚きはした。しかし、クリスと話し合いをするという目的があったため、気が張っていて、じっくりと部屋を見られるような心持ちではなかったのだ。

落ち着いた深緑色の壁に蔓薔薇の彫刻が施され、高い天井からはクリスタルの煌めくシャンデリアが下がっている。アイボリーの大理石の床に、亜麻色で統一された調度品はアンティーク。濃紺の厚いビロードのカーテンは、上半分に美しいドレープを残したまま、金の止め具で左右に開かれている。

絢爛たる部屋の様に、奏は改めて息を呑んだ。

「クリスはこの城の…国の……本物の…王子なんだ……」

容姿ひとつをとってみても、クリスは王子という身分に相応しいと思う。童話に出てくる王子はクリスを手本にしているのではないかと思うほどに、美しく気高い。

王国であるこの国では、王も姫も、王子も現に存在している。でも、日本で生まれ育った奏には、童話の中の人物でしかありえなかったのだ。

「何で……こんなことになったんだろ…」

膝を抱えて考えてもその理由は見つからない。

身体にはローズオイルの香りが、ほんのりとだが残っている。クリスのバニラもだ。

はっきりと頭が冴えると、そのうち自然と涙が溢れてきて、奏は目頭を膝に押しつけた。

決して乱暴にされたわけではない。だけど、好きにされた身体が、心が、悔しくて惨めで仕方がなかった。

嫌だと抗いながらも放ってしまった欲望の証しは、一滴たりとも身体には残っていない。クリスが始末したのかわからないが、きれいに拭われていることが、余計に奏の矜持を傷つける。

「う……っ…ぅ」

嗚咽が酷くなり、喉がひくついて声が漏れそうになった。自分の泣き声など聞きたくなくて、唇を噛んで堪える。

どこの道をどう間違って来たら、この現状になるのか。

そう思った時、静かなノック音が部屋に響き、奏は涙に濡れた顔をぼんやりと上げた。

「失礼いたします。お着替えをお持ちいたしました」

昨日、奏を風呂に入れたメイドの一人が、開けた扉の前で深々と頭を下げている。

「…あ」

奏はみっともなく泣いていたことを知られたくなくて、慌てて涙を拭った。

「クリス様は、今朝方早くに、ご公務にお出になられました」

「……そ…うですか」

聞いてもいないのに、クリスのスケジュールを告げられる。

こんな精神状態の時に、人とはあまり話したくはない。ましてや自分は今、裸だ。昨夜、ここでクリスと何があったかなんて、このメイドなら知っているだろう。

奏はやるせない心地になった。

身体にシーツを巻きつけて、小さく返事するしかない。だが、そんな奏の気持ちを知らないメイドは話しかけてくる。

「クリス様は、ソウ様のことが、本当に大切で仕方がないのですね」

「……え？」

何の話だと、奏が目線を上げると、そばのチェストに着替えを置いたメイドが、クスリ、と楽しそうに笑った。

「お出掛けになられる間際まで、ソウ様のお身体を心配され、何かあればすぐに連絡を、と何度もおっしゃられてました。それに、ご自分が不在の間、ソウ様が退屈しないようにと、叶うことは希望に添うよう、命じて行かれたのですよ」

「…クリス…が？」

そう聞かされて、奏はクリスの甘い囁きや愛撫を思い出してしまい、ぞくぞくと肌が粟立った。

きっと顔が赤らんでいる。そう思い、奏は咄嗟に両手のひらで頬を隠した。

「まずはお風呂をご用意いたします。それからお食事をお持ちいたしますね」

メイドは頭を下げると部屋の奥に備えられたクリス専用のバスルームへと歩いていった。

昼下がり、着心地のいい白いシャツの上にニットのベストを重ねて、奏は中庭のテラスで軽い食事をとっていた。

薔薇の香りが立ち込める、広すぎるバスルームに気後れしながら風呂を済ませたが、どうしていいのかわからずに息が詰まりそうになった。

こんな手触りのいい上等な服の着慣れなさにも戸惑っている。

外の空気を吸いたくて、部屋の窓を開けると、昨夜渡った廊下から望んだ中庭があった。季節の草花が咲くその庭へ降りられるか聞いたところ、テラスがあるらしく、食事をそこでしては、とメイドが提案してくれたのだ。

クリスに従って、側近たちも出掛けている。だからなのか、昨夜、到着した時のような厳然とした雰囲気はなく、城内は何となく和やかなムードだ。

緑に囲まれたテラスで、奏はジャムやクリームを添えたパンケーキを食べ終え、ナイフとフォークを行儀よく揃えた。緑の濃い庭へ出て、少し気分が紛れた気がする。

木々に訪れる綺麗な白い小鳥に奏は釘づけになった。

「いかがされましたか？」

「あ…あの鳥、初めて見ました…」

紅茶を淹れるメイドに問われて、小鳥を指差す。

「あぁ、城の後ろの森の奥に住んでる野鳥ですよ。街ではなかなか見ることができないらしいですね」

そう説明されて、奏は見られたことに素直に嬉しくなる。光沢の素晴らしい白い羽根が、金色に輝いている。

羽根を休める小鳥の愛らしい仕草に、思わず微笑みが零れた。

そんな奏の笑顔を微笑ましげに見やり、メイドが口を開く。

「あの優美な姿がクリス様を彷彿させませんか？　私は見掛ける度にクリス様のようだと感じてしまいます」

「えっ？」

「美しく、気高く、そして思いやりのある王子。あれほどに全てが揃った王子は、きっとどこの国を探してもいない、と思うのです。……あの御方は私たちの宝そのもの…」

小鳥を眺めながら誇らしげに話すメイドに、奏はふとまた、違和を感じた。

確かにクリスは、奏に対しては紳士的だ。振る舞いも、優雅な身のこなしも、王子であることに疑いはない。薬を使って、無理に身体を開かれはしたが、奏の身体を扱う腕や言葉は、どれをとってみても優しかった。

しかし、それは二人の時だけのことであって、誰かがそばにいればそうではない。城に到着した時、奏がクリスの部屋に連れてこられた時、いずれもクリスに微笑みはなかった。それればかりか、使用人にはつれない態度なのを、奏は知っている。愛想がない、というよりも、冷たく感じたのだ。

だからこうして、メイドがクリスのことを嬉しそうに話すのに、なぜ、という思いが巡る。それでも、彼女の敬愛の笑みは、嘘を言っているようには見えない。

「ですからソウ様も、私たちには大切な御方です。宝である王子がお連れになった御方ですもの」

そう言われ、奏は何も聞き返すことができずに、ただ彼女の笑顔を眺めていた。

すると、メイドの表情が、ふっと何かを思い出したかのように、寂しそうなものに変わる。

「……クリス様も、数年前までは、ソウ様のような明るい笑顔を見せておられたのですよ。私はここに長くお仕えしておりますから、それを知っていますが……王があのようになられてから、人前では一切笑われなくなりました……」

「えっ？」

懐かしむような口調で呟かれた言葉に、奏は怪訝な面持ちでメイドの顔を見上げた。

「あっ…申し訳ございません。何でもないのです。失礼いたしました…」

奏と目が合い、メイドは慌ててそう言い繕って頭を下げた。

どういうことかと不審に思った奏が口を開きかけたが、

「お茶のお代わりをお持ちいたします」

とかわし、メイドはすぐさま退散してしまった。

「あ、ちょ……」

前まで…ということは、なぜ今はそうではないのだろうか。

身分違いの王子のことを、たかが平民の自分が考えるなんておかしい。なのに、なぜか気になってしまう。

あんなふうに抱かれてしまったからなのだろうか、奥手で恋愛とはずっと無縁だった奏にはわからない。

「……やだなぁ、もう」

一人になった奏は、ため息をつきながら、庭の景色に視線を移した。

空が仰げる吹き抜けの中庭には、ベリーなどの背の低い木々や、パンジーにチューリップといった可憐な花々が植えられている。

美しいグラデーションを作る花壇を見て、奏ははっ、とした。

「そうだ……オレは薔薇の交配の勉強のために…」

この城に来たのは、こんなふうにのんびりと居座るためではなく、クリスを説得するためだ。

でも、その話をしようにも、クリスは聞いてもくれなかった。あの調子だと、これからもまともに請け合ってくれないかもしれない。それならば……。

「クリスのいない今のうちに……何とかするしかないよ…な」

奏はごくりと喉を鳴らして、周囲を見渡した。中庭には、城内への入口と、もうひとつ、外側に向けての道がある。そしてそこからは、よく知った甘い香りが、微かに流れ込んできている。

メイドはまだ戻って来ていない。勇気を出して行動を起こすなら、今しかない。奏は椅子から立ち上がる。

「ごめんなさいっ、あなたのせいではないから！」

口の中でいないメイドに謝ると、城とは反対側へ、一目散に駆け出した。

中庭を抜けて、芝生の道を暫く行くと本庭へと出た。

昨夜、門を潜って城に着くまでの間に横切った庭だが、明るい時に改めて目にして、余りの広大さに奏は驚愕した。

幾体もの彫像に、途切れることのない植樹。見渡す限りが、美しく整備された庭園なのだ。

「凄いな……何て広さなんだ」

きょろきょろと周囲を見回してため息をついた時、背後から人の声がして、奏は慌てて足を速めた。

すると突如植樹が途切れ、目の前に薔薇の園が現れた。

「あ……やっぱり、さっきの匂いは薔薇だったんだ」

ジョハネの庭など比べようもない、大きな薔薇園、しかも奏が今までに見たことのない数が咲いている。

見事な景色に感嘆の声を上げ、奏は吸い寄せられるかのように薔薇園へと足を踏み入れた。

「…なんて……綺麗なんだ…」

アーチを幾つ潜っても、曲がりくねった石畳の細い遊歩道が四方八方に延びていて迷宮のようだ。

「ちゃんと手入れも行き届いてる…」

珍しい種類を見つけると、逃げるという本来の目的も忘れ、立ち止まって眺めてしまう。

少し先に円形の噴水があり、その周囲に変わった色の薔薇が植えられている。奏が興奮しながらそこへ近づいた、その時。

突然、目の前に現れた人に衝突しそうになって、奏は尻餅をついてしまった。

「えっ、わぁっ…っ！」

「きゃっ…」

尻を思い切りぶつけてしまい、顔を歪めながら見上げると、そこに一人の少女が立っていた。

「い……たたたっ…」

北欧人特有の白金の巻き毛にきらきらとした宝石を飾った可憐な少女が、大きな緑色の瞳を見開き、両手で口を押さえながら奏を見ている。

身につけているドレスを見れば、彼女が使用人などではないことは一目瞭然だ。でも、奏には、彼女が自分よりは年下だろうこと以外、わかるはずもない。

白雪姫かシンデレラ、奏の脳裏には、知っている限りの童話の姫の名前が羅列されるだけだ。

奏の視線から逃れるように、少女が少し後退った。

「あ……あなたは？」

僅かに震えた声に問われ、奏は弾かれたように慌てて答えた。

「あ…ご、ごめんなさい。驚かせちゃって…あ、あのオレ、怪しい者じゃ…」

「カレン様！　いかがなされました！」

背後から男の大きな声がした。カレンというのは少女の名だろうか、小さな悲鳴を聞きつけた複数の足音が駆けてくる。

「しまった……」

急いで起き上がり、奏は微動だにしない少女の前で手を合わせた。

「お願い。オレがここを通ったことを誰にも言わないで。絶対に怪しい者じゃないから信じて…」

ゆっくりと丁寧に言い、男たちに見つかる前に、奏は右奥の小道へ逃げた。

その後にすぐ、スーツ姿の大柄な男が二人、姿を見せる。

「カレン様、大丈夫ですか?」

護るようにカレンのそばにつき、二人は辺りに鋭い視線を走らせる。

カレンは胸を押さえて、何とか息を整えた。

「…大丈夫よ。あの……リ、リスがいきなり飛び出してきて…驚いてしまったの」

ピンク色の唇に笑みを作って言いながら、カレンは奏が消えた小道を心配げな瞳で振り返った。


とにかくこの城から出なくては、と奏は右に折れ、左に折れしながら、薔薇の迷路を走り続けた。

「はぁっ…はぁ……あ――」

息が上がって足が止まる寸前に、無限とも思えた薔薇の壁が途絶え、三角屋根の礼拝堂のような建物が姿を見せた。

「…ここは……？」

深緑色の鉄製の柵に囲まれた建物の石壁には、無数の細かなひびがあちこちに入っている。かなり古いようで、壁一面を覆う蔓薔薇が建物を守っているようにさえ見える。背後には背の高い針葉樹が並び、先の見えない森になっていた。

噴水の水音もここには全く届いてこない。野鳥の声さえなく静まり返っている。

奏は、幻想的な風景に引き寄せられるように開いている門から入り、建物にゆっくりと近づいた。

「……キングス・ローズ……」

真珠色の花弁に金の縁取り――間違いない。ヴィスタフ王家の婚姻の証しの薔薇、キングス・ローズが、建物を囲うようにしてたくさん咲いていた。

「こんなところに…」

急いで駆け抜けたので定かではないが、薔薇園にはなかった、と思う。

庭の隅にひっそりと建てられた、キングス・ローズが咲く場所。何かの秘密が隠されているようで、自然と興味が湧いてくる。

奏は入口らしき小さな木のドアを恐る恐る手で押してみた。

ぎぃ、と軋んだ音をたてて、ドアが開く。

「……あ」

開くと思っていなかったので、ドアが動いて奏は少し後込みする。

中に誰かいるのかもしれない。せっかくここまで逃げてきたのに、人に見つかれば連れ戻されるかもしれない。

だけど、この場所への好奇心が奏の足を進ませようとする。少しだけ、と自身に言い聞かせると、奏はすぅ、と深呼吸して息を整えてから、足を踏み入れた。

「……！」

意外にもそこはライブラリーだった。

天井は吹き抜けになっており、本棚が所狭しと並べられ、壁際の棚は天井にまで届いている。広いフロアの中央に設けられた階段が、中二階で左右に分岐し、回廊となっていて、そこを上がれば、高い棚の本にも手が届く。

「凄いな……」

歩くたびに床がきしきしと鳴る。奏は左右の本を見ながら、棚の間を進んだ。

「辞典に…地図に歴史？　……これは童話かな」

背表紙の文字を拾っていくと、分野別にきちんと分けられていることに気づく。

目線の高さで横に流していって、ある一冊の背表紙を目にし、奏の足が止まった。

「『王家の薔薇伝説』…?」

タイトルに惹かれ、その本を棚から抜き出した。

紺色の厚紙に、タイトルと薔薇の絵が金で箔押(はくお)しされている、綺麗な表紙の本だ。しかし、かなりの年代もののようで、ところどころ箔が剥がれ、著者の名前も消えている。

そうっとページを開いてみた。紙焼けが酷くて脆くなっている。注意して捲(めく)らなければ破ってしまいそうだ。

「目次…もないんだな。いきなり物語が始まってる……え…っと、『我が愛する…亡き……ヴィクトリア…に捧ぐ……』」

国の古語らしき文体は、奏には難しい。真面目に学んだとはいえ、奏が会得できたのは、現代国語の読み書きと会話だ。それに加え、掠れたり、破れていたりで、余計に読みづらくなっているし、ライブラリーは薄暗く、窓の代わりのステンドグラスから入る僅かな陽光だけが光源なのだ。

読める文字だけでもと苦心しながら、指で辿(たど)っていく。

「『…何と聡明で綺麗な……私は一瞬で恋に落ちた…王子である私は、花屋の娘ヴィクトリアに薔薇を…』……って、あっ！」

ページを捲っていくと、ペンで繊細に描かれた薔薇の挿絵があった。彩色はされていないが、その花や刺の形は、まさしくキングス・ローズである。

そして薔薇の茎には、紋の入ったリボンが巻かれてある。

「これって……」

クリスに愛の証しとして渡された薔薇と同じだ。

これがキングス・ローズに纏わる伝説の本だと気づき、奏の胸がざわつき始める。

「いつの時代の王子かはわからないけど……ヴィクトリアって女性を好きになったんだな……で、キングス・ローズを渡したんだ」

奏は本の中の王子とヴィクトリアを、クリスと自分に重ね合わせてしまう。ヴィクトリアは、キングス・ローズを受け取ることの意味を知っていたのだろうか。それとも奏と同じで、知らなかったのだろうか。

どちらにせよ習わしがこの伝説を元にしているのならば、この後、薔薇を受け取ったヴィクトリアは、王子と結婚するために、奏のように城へと来るはずである。

奏はドキドキする胸を押さえながら、先へと読み進めた。

「――と、あれ？『…彼女のために……間に合わなかった……』？『禁断のエデンに咲く幻の真紅の薔薇は……キングス・ローズによって…生まれた』？……真紅の薔薇？…」

後半にいくほど、本の破損が激しく、少しずつしか訳せなくなっていく。

　王子とヴィクトリアがその後どうなったのかもわからないし、また、真紅の薔薇という新しい薔薇も登場してくる。

「…んーと、何だろ、昔々の王子が求婚したのが花屋のヴィクトリアさんだった、ってことだよね。でも、真紅の薔薇って？　キングス・ローズによって生まれた…ってのは、キングス・ローズと何かを交配して、って意味なのかな」

　王子とヴィクトリアの恋物語も気になるが、キングス・ローズと交配してできた、幻の真紅の薔薇の方に興味をかきたてられる。

「禁断のエデン…そこに咲いているのか。じゃその場所がどこにあるのかがわかれば…」

　奏は本を小脇に抱えて、今度は禁断のエデンに関する文献がないか探し始めた。右へ左へと棚を移動し、隈無く目を走らせる。

「禁断のエデン、禁断の……っと、くしゅん！　…うー…さむっ…」

　くしゃみをひとつして、奏はライブラリーの中の気温の低さに気づいた。それでも、寒さよりも真紅の薔薇に対する好奇心が勝る。凍える手に息を吹きかけつつ、目指す書物を探す。

「んー…、禁断の…これだけあると、探すのは大変…」

　奏がため息をついて立ち止まった時、突如、外から強い風が室内に吹き込んできた。

「う…あっ」

奏は咄嗟に本を胸に抱きかかえた。

「『――穢れなき純潔の我がヴィクトリア、愛するあなたにこの白い薔薇を贈りましょう……』」

「――え……！」

凛とした美しい声がライブラリーに響き渡り、奏は心臓が飛び出しそうになった。風と共に舞い込んできたキングス・ローズの花弁が、辺りにひらひらと踊っている。

奏は息を止めて、声のしたほうに、ゆっくりと顔を向けた。

軍服に身を包み、腰に長剣を差したクリスが、開け放したドアの前で、両腕を組んで立っていた。

瞳を細め、唇を歪めた不敵そうな笑みも、容姿端麗のクリスだからこそ妖艶に映る。

「僕が公務に出ている間に抜け出して、こんなところで一人遊びなんてずるいですよ」

「はっ……」

つい本に夢中になって、時間が経つのも忘れてしまっていた。

クリスの艶姿に、思わずうっとりと魅入ってしまった自分に気づき、奏は慌てて反対側へと逃げだす。

同時に、クリスの背後に控えていたレニィと護衛らしき男が、奏を追おうと動いた。けれど、クリスはそれを片手を上げて制し、二人を外へと出してしまった。

そして、奏を目で追いながら、ゆっくりと歩み寄ってくる。

「……う、な、なぜ…」

「あなたがここにいることがわかったのか、ですか？」

続く台詞をクリスに先を越され、奏はうっ、と口を噤んだ。

「庭の可憐な花が、あなたの行き先を教えてくれたのですよ」

本当か嘘か判断できない謎めいた口ぶりで、クリスはからかうように言う。

二人きりだと思うと自然に、昨夜の行為が思い出されて、必要以上に胸が騒いでしまう。

「…っ………」

庭を抜けて、城の出口を目指していたはずなのに、と今更、後悔しても遅い。でも、クリス一人なら何とかなるかもしれない。

奏はクリスに捕まらないように、本棚の間を駆ける。

「『キングス・ローズは愛の証し。あなたは一生、私のもの……』」

決して足を速めることなく、クリスは伝説を口にしながら追い詰めてくる。

奏は走っているのに、なぜかクリスとの距離は離れない。むしろ、確実に縮まってきている。

「…っ、何で…」

奏は中央の階段を駆け上がった。先読みされていたのか、すぐに階下にクリスが姿を現す。顔の前に立てた人差し指を左右に揺らして、余裕の笑みを零している。

「…くっ」

焦る奏はクリスに向かって叫んだ。

「伝説の中の王子はちゃんと女性に求婚してるよ！　なのにどうして、クリスはオレなんかにっ……。だ、だいたい、男のオレは跡継ぎとか産めないんだよ！」

最後の台詞に、クリスは呆れたように肩を竦めた。

「跡継ぎなど、そんなもの僕には必要ありませんよ。王は僕の兄であって僕ではないのですから」

「うっ……」

苦し紛れに言い放ったことの的外れさに、奏は恥ずかしくなった。

言葉に詰まる奏をクリスは楽しそうに下から眺めながら、一段一段、ゆっくりと階段を上がってくる。

「そ、そんなのっ、そんな…でもっ」

奏は何か言い返せないものかと、混乱しながらも必死に考えを巡らせる。ふと壁に掛けられた若い男女を描いた絵画が目に入って、あっ、とひらめいた。

階段を上がりきり、左に折れて、奏は手摺りから身を乗り出して、クリスに叫んだ。

「――オ、オレには恋人がいるんだ！」

途端、クリスの顔から、艶っぽい微笑みが消える。険しく眼差しを細めて、がらっと表情を変え、奏を睨みつけてきた。

「あ……」

その顔を見て、奏は怯む。

「……王子が求婚したヴィクトリアにも、恋人がいました」

「…えっ？」

低く呟いたクリスは、腰の剣に手をかけ、鞘から抜いた。そして、目を丸くして見つめる奏に、銀色に光る切っ先を向ける。

「………！」

人に刃を向けられたことなど、過去に一度もない。奏はえも言われぬ恐怖を感じて立ち竦んだ。

みるみる青褪める奏を見据えたまま、クリスは回廊を歩いてくる。

「王子は酷く嫉妬し、その恋人を殺しました。そして、王子の愛を受け入れなかったヴィクトリアも……殺めた——という結末ならば、どうしますか？」

「…そ……そん…な…嘘だ……」

目の前まで来て、真っ青になった奏の唇に視線を落とし、クリスは瞳を伏せ、苦しそうに吐息で笑った。

「ええ、嘘ですよ。けれど伝説では違っても、僕はどうするか……わかりませんよ？」

「……………う…」

クリスが近づいても、奏の足は床に根が張っているかのように動かない。

「あなたの話が本当ならば、僕はあなたの恋人を殺すかもしれません。その人はこの国の者ですか？　それともあなたの国の…」

じりじりと追い詰められ、奏は後ろに下がりながら、首だけを左右に振った。

「それではわかりません。さぁ、どこにいるのですか？　僕からあなたを奪おうとする人は…」

「…そっ、それは……ぅ…っあ！」

急に距離を縮められ、大きく仰け反った奏は、本棚に身体を打ちつけてバランスを崩し、床に座り込んだ。衝撃で棚から数冊の本が身体の上へとなだれ落ちてくる。それをクリスは手で打ち払った。

「……あ…」

クリスが庇(かば)ってくれたおかげで、幸い、自分には当たらなかった。その代わりに、クリスが怪我をしたかもしれない。

しかし、剣を手に、真上から自分を冷たく見下ろすクリスと視線が合って、びくんと身を縮める。

「ひ……っ…」

次の瞬間、クリスが剣を振り下ろすのが見えて、奏は声にならない声をあげる。ぎゅっと固く目を瞑り、顔を横に背けた。

ドッ、という鈍い音が耳のすぐそばでして、肩を竦める。

「………ぅ…」

どこにも痛みはない。

窺うようにうっすらと瞳を開けた奏は、顔のすぐ横に突き立てられた銀刃に凍りついた。

「言いなさい…あなたの恋人の居場所を…」

追い詰めるクリスの低い声が、ライブラリーに響く。

なぜここまで彼が怒っているのか、奏には窺い知れない。けれど、このまま首を落とされても不思議ではないとさえ思えるほど緊迫した表情を、クリスはしている。

奏は嘘をついてしまったことを素直に詫びようと思った。

「……ち……違っ…う、あの、その…嘘なんだ…」

恐怖で小刻みに震えながら言うと、クリスのこめかみがピクリと動いた。

「嘘？　なぜ…嘘をつくのですか…？」

問い質すクリスの表情が酷く苦しげなものに変わり、奏は胸のあたりがずしりと重くなった。クリスがこんなに激しい反応を見せるだなんて思わなかったのだ。

「……ごめん。あそこの絵を見て思いつきで…言っただけなんだ。オレとの婚約を破棄して欲しくて…」

奏は目線を壁の絵画に向けた。クリスはそれを横目で一瞥して、納得がいかないように瞳をすぐに奏の顔へ戻す。

「ほ、ほんとなんだ。オレは恋人なんていない。というか…生まれて二十一年間、一度も、つき合った人がいないくらいなんだ…」

奏はクリスに信じてもらいたい一心で、到底自慢にはならない自らの恋愛経験を明かした。

案の定、クリスは瞳を見開いている。

その顔を見て、奏は改めて情けなくなった。

「二十一…？」

「……え？」

「そういえばソウは…僕と一つしか違わないのでしたね。……調べさせて知っていたはずなのに、なぜかまだ一六、七だと思い込んでいました。…くっ、はははっ」

クリスは茫然と呟き、奏の顔をまじまじと見てから吹き出した。

身体を折って笑うクリスに、奏の緊張の糸が解れた。と、同時に顔が赤らんでくる。

「…そ、そこじゃないでしょ…問題は」

「はは……は…失礼…」

「わ、笑いすぎだよ」

「ですから、すみませんって」

クリスの目尻には少し涙が滲んでいる。

自分が若く見えることは重々承知している。だけどそんなにまで笑うことはないじゃないか、と奏は赤い色をした頬を膨らませた。

「そうですか…今まで誰とも…」

クリスは両手の手袋を取って、奏の頬をそっと包みくるんだ。

「僕はもっとあなたを知らなければなりませんね」

「…んっ？　…んんっ！」

顔を両手で固定され、口づけを受ける。唇を突如奪われ、固くした身体の上に、クリスがのし掛かってくる。

「ちょっ…なに…や……っ…」

「抵抗しないで。暴れるとあなたの可愛い顔に傷をつけることになりますよ」

「え…っ……？」

横を見れば、剣が本棚に突き刺さったままになっている。奏は大きく喉を上下させた。

「それとも……おとなしくしてもらうために、また昨夜の薬を使いましょうか？」

クリスは意地悪な言い方をして、軍服の襟元へ手を差し入れた。

薬を取り出すのだと思い、奏は慌てて首を振る。

「い、いやだ。あの薬はいや…」

昨夜、風呂場でメイドに入れられた薬で、酷い目にあった。あれのせいで、クリスにどこに触れられても、おかしいくらいに反応し、醜態を晒したのだ。

自分が自分でなくなるような、あんな淫らな体験は二度と御免だ。

奏は不安に瞳を揺らしながら、戸惑うようにクリスを見上げた。

「では、静かに…目を閉じて…」

そう言われてもできない。

「オレは薔薇の交配を学びたいんだ。結婚するためにこの国に来たんじゃない。だから、ジョハネさんのところへ…帰してくれ」

震える声で告げると、クリスが双眸を眇めた。

「僕の花嫁になるのなら好きなだけ学ばせてあげます。…拒否するのなら、やはり薬で素直になってもらうしか…」

「それだけは嫌だ！」

「だったら抵抗はやめてください」

「……う」

手首を取られ、吐息で皮膚を撫でられてから口づけられる。奏はひくんと肩を竦ませながらも、命令に従うしかなくおとなしく目を閉じた。すると、カチリと、何か金属が嵌まるような音が聞こえ、手首に固くて冷たいものが当たる感覚がした。

「……えっ？」

思わず目を開いて、奏は手首につけられたものを凝視する。

「こ、これは？」

「僕の特別で大切な人間であるという証しです。これがないと、あなたはこの城では不審者とみなされ、拘束されるでしょう。さきほどはうまく逃れられたかもしれませんが、次が同じとは限りません」

嵌められたのは太い金のブレスレットで、クリスの紋である剣と蔓薔薇が彫刻されてある重厚なものだ。クリスは外せないことを示すように鍵を自分の胸ポケットにしまった。

「なっ……」

奏は自分がクリスの飼い犬にでもされたような気がした。花嫁だとか言っておきながら、こんなもので縛りつけるのかと、やるせない屈辱感に胸が締めつけられる。

外そうと、奏は力任せにブレスレットを引っ張った。

「いやだ…こんなのいらない！　外せよ！」

「よしなさい、怪我をします。どう足掻いても、あなたは僕のものにすると決めたのです」

「何言って…だったら、こんなのいやだよ、外せよっ…」

「──っ…！」

暴れる奏の腕を押さえていたクリスの秀麗な顔が、ふと歪んだ。

「…？」

急に拘束が緩んだことを不思議に思って、奏は顔を上げて息を呑んだ。

軍服の腕の部分が裂け、袖口から一筋の鮮血が流れている。本棚に突き立ったままの剣の刃が腕を傷つけたのだ。驚いた奏は状況も忘れて身体を起こした。

「は、早く手当しないとっ！」

「大丈夫、かすり傷ですよ」

「何がかすり傷だよ、こんなに血が出てるじゃないかっ…」

真っ青になって慌てる奏を尻目に、当の本人は涼しい顔で、薄く笑みまで浮かべている。

「僕を心配してくれるのですね」

「笑ってる場合じゃないったら…、ちょっと誰か……んぐ…っ」

クリスは助けを呼ぼうとした奏の口を手で覆い、身体を押し倒して、黙るように目で合図する。

「手当てより今はあなたが欲しい。ほら、僕はこんなに欲情してる」

太股のあたりに硬くて熱いものが押し付けられ、奏は目を丸くする。

自分の身体を求められている。奏はかっ、と全身を熱くさせた。

だが、そんな場合じゃない。クリスの傷からは血が流れているのだ。

「待ってクリス…」

クリスの胸を押し返しながら、奏は片手でズボンの後ろポケットを探り、ハンカチを取り出した。

「これで止血させて」

奏はハンカチで服の上からクリスの腕をきつく縛った。

その様子を黙ってみていたクリスが、ふっと笑う。

「ありがとうございます。ソウは本当に優しい人ですね」

穏やかな笑みにほっとしたのも束の間。

「ではこれでいいですね」

そう言って押し倒された。

「…ちょ…っとクリス」

クリスは虚（きょ）をつかれ、無抵抗となった奏の衣服を脱がしていく。

「……あっ…」

下着まで剥がされ、ひやりとした空気に肌が晒される。晒される恥じらいと冷たい空気とで、怯える奏の身体がふるりと震えた。

「やはり綺麗ですね…」

ため息交じりに呟いて、クリスは奏の薄い胸に手のひらを滑らせる。

「ん…っ…いっ…」

寒さでつん、と立ち上がっている胸を指先で強く捏ねられて、チリッとした痛みに身体を捻った。

「大丈夫ですよ。すぐによくなります…」

穏やかに言って、クリスが甘く微笑む。

腕を縛ったハンカチに血が滲んでいる。

こんなことをしている状況じゃないと、奏は顔を左右に振った。

「やっぱりちゃんと手当てしないと…ッ！」

だけどそれでも、尖った胸を熱い舌でつつかれ、潰され、撫でられると、じんじんとした感覚が湧き起こってきてしまう。

「……んう…っ…あ…はぁ…っぁ」

薬は使われていないのに、吐息と一緒に変な声が出る。びくびくと跳ねる胸は、自分では抑えきれない。

奏はこんなふうになる自分に戸惑った。

「あ…っあぁ……やっ…ちょっと…待っ…こんなの…違っ……ん…」

淫欲をクリスに悟られたくなくて、奏は違う、と首を振る。でも、じわじわと確実に大きくなってくる快感は否定できない。

「違わない……これが本当のあなたです」

「これはっ……」

叫びかけた唇を、またクリスのそれで塞ぎ込まれた。

差し入れられた滑らかな舌で、口内を余すことなく蹂躙（じゅうりん）される。

「ん……ん…ふっ……」

結び合った唇から零れる淫らな音が、二人しかいないライブラリーに響き渡る。

深い口づけに翻弄されて、思考が纏まらなくなっていく。

だめだ。このままでは流されてしまう。

力を失った奏の舌を甘く吸い上げながら、クリスは奏の中心へと手を忍ばせた。

「あっ……」

その衝撃に、奏の腰が跳ね上がる。

知らぬ間に勃ち上がりかけていたそこが、クリスの手淫によって完全に屹立する。

「あっ…や……っだめ…はっぁ…あ…」

奏は襲いかかる悦楽に抵抗しようとするが、どくどくと高い音を刻む心臓と同じように、愛撫を受けるそこは脈打った。必死に我慢しても、先端からは透明な蜜が漏れ、クリスの手を濡らしていく。

「ん…むっ…、あぁっ…やっ…ん……はぁ…っ……」

羞恥心とは裏腹に、歓喜してしまった身体がいうことをきかない。気持ちのよさは誤魔化せない。

クリスは唇の隙間から漏れる艶っぽい奏の喘ぎに気をよくし、強弱をつけて中心を擦り
上げた。

「ああ…っう……んっゃ…」

「ほら、薬のせいにしちゃいけない。あなたを気持ちよくさせているのは、この僕なんで
すから」

「あ……あぅ…っ…――――っぅ！」

耳元に甘く囁かれ、奏はクリスの手のひらに放ってしまった。

白く粘る液を指に絡め、クリスがそれを奏の後ろへ丁寧に塗り込んでいく。

「……んっ、あ…いや…だっ」

「まだ少し熱をもってますね」

僅かな腫れが蕾に残っている。そこへクリスは、慎重に指先を挿入した。

「あああ…っ……」

痛くはないが、限りなく異物感がある。同時に、脳裏に昨夜の官能が蘇ってきてしまう。

これ以上にどうにかなってしまいそうな予感に、奏は身体を強張らせた。

クリスは指先でゆっくりと丹念に解すように蕾を拡げ、内壁を掻き混ぜる。

気がつけば、後ろに入った指に、もどかしささえ覚えてしまっている自分がいて、奏はクリスから視線を逸らして身を捩った。

「いっ…やだっ……って…やめ…てよ…」

その拍子に、奏の肩がクリスの怪我をした腕にぶつかり、一瞬クリスの動きが止まった。

「…あ、ごめ…」

謝る奏を見返すクリスの口角が不敵に上がる。

「いや？　また嘘をつくのですか？　あなたのここは、こんなにも僕の指に吸いついて離さないというのに？」

淫靡（いんび）な表情にくらりとする。

「なっ…違……っ…！」

クリスは中から指を引き抜き、奏の片足を大きく抱え上げた。

「あっ……」

「いきますよ…」

短く言った後、すぐにクリスが入ってきた。

「ん……あぁっぁ…ひっぅ…」

クリスの屹立が、奏の中をぎゅうぎゅうに埋めていく。

「あぁ……やぁ…だめ…きつ…ぅ……んあぁ」

敏感な粘膜を刺激され、奏の身体が弓のようにしなる。

クリスは奏の背中に腕を回し、堅い床に身体を打ちつけないように支えながら、慎重、且(か)つ確実に屹立を奥まで沈ませていった。

「ほら、嫌だと言うくせに、ソウの身体はこんなにも素直に僕を全部…受け入れた…」

「…ふっ……あ…ぁぁ…っ…」

「あなたは僕のものであり、僕だけがあなたを快楽へと導いていける」

呪文のように耳元に囁かれながら、腰を揺らされる。

始めは優しくゆっくりと、それが少しずつ激しくなっていく。荒々しく抜き挿しされ、敏感な肉壁が引き攣れて収斂した。

「はぁ…っやぁ…あぁ…っ……んあっやっ…」

強く刺し貫かれ、確実に悦びを植えつけられる。それを証拠に、奏は熱い嬌声(きょうせい)をとめどなくあげ続けた。

「あ…あっ…あっあんっ…うっっ……」

王子然としたクリスの顔からは想像できないような激しさだった。

それが痛いわけではなく、悦楽を感じてしまう自身の身体に、奏はわけがわからなくなった。変わってしまった身体に恐怖する。それでも喉から溢れる喘ぎは止まらない。

「いっ…いや…だぁ…あっ…はぁ…こんなの…ぁオレ…オレは……」……やっぱり…ソウだけは僕を安心させてくれる。

「僕を叱るばかりか、抵抗もする。だけど僕の心配をしてくれる。最高の快楽もくれる特別な人…」

涙の後ろに歓喜を浮かび上がらせる奏の瞳を覗き込み、クリスは満足げに熱く吐息した。

「こんな想いで誰かを抱いたことなど、今まで一度たりともない。ソウ、あなたは僕の花嫁です。絶対に逃がしはしません」

クリスは強い力と言葉で細い身体を拘束して、灼熱の迸りで奏の中を満たしていく。

「…あぁぁ……ふ…ぅっ…」

奏は逃れられない侵食に降伏して、白旗を掲げてしまう。

力の抜けた四肢を投げ出して、ぼんやりと宙を見つめながら荒い呼吸を繰り返す。

終わったと思った次の瞬間、クリスがくっ、と腰を深く突き入れた。

「…えっ」

奏はびくんと身体を震わせ、クリスの顔を見上げた。クリスの瞳はまだ獰猛さを宿したままだ。

「もっと。もっと蒼が欲しい」

そう言って、達してから間もなく腰の動きを再開させて、奏の全てを貪り尽くすように繋がり続けてくる。

「あぁ…もうだめ……オレ、オレ…変に………変になるぅっ…」

「変になればいいんです。僕だけがソウをそうできる。きっと…すぐに、僕はあなたの心も手にしてみせる…」

我侭なクリスの台詞も、もはや鼓膜にまで届かない。

全神経がクリスと繋がった部分に集中して、奏は自分が何を言っているのかも、考えているのかも、もうわからなかった。


気がつけば、またベッドの中だった。

ライブラリーでクリスに抱かれ、意識を飛ばしてしまったらしい。

「目が覚めましたか」

甘く穏やかな声を掛けられ、奏は虚ろな瞳でベッドの横を見る。

セーターに細みのパンツという服に着替えていたクリスが、開いた本を膝に乗せ、優雅な物腰で椅子に腰掛けていた。

意識を失わされるほど散々な行為だったというのに、クリスはすっかりいつもの涼やかさを取り戻している。

「どうかしましたか？　どこか痛みます？」

クリスが椅子から立ちあがって、ベッドへと近づいてくる。

奏は慌てて手を振った。

「な、なんでもない。どこも痛くない、ほんとだから…」

「…そうですか？」

大きく頷く奏に、クリスは安堵の息をつき、優しげな笑みを見せた。

それを見ながら、奏はゆっくりと起き上がる。クリスの機嫌は悪くなさそうだ、と考えたところではっと思い出す。

「う、腕の怪我は？」

「あぁ…たいしたことありませんでしたよ」

クリスはセーターの袖を捲って、包帯の巻かれた腕を見せる。

クリスの言葉どおり、さほど酷くはないようで、奏はほっと胸を撫で下ろした。

「あなたは自分の身体よりも、僕を心配してくれるんですね……」

「え…？」

怪我の心配をするのは当たり前なのに、どうしてクリスはそう言って微笑むのだろうか。

もちろん、自分の意思を無視するクリスにもどかしさはある。だけど、不思議と嫌悪感は湧かない。

それに、クリスの言葉は時々何か引っ掛かるものがある。クリスは皆から敬われ、護られている大切な王子だ。メイドも、クリスのことを宝とまで言い、嬉しそうに話していた。なのになぜか時折、孤独を感じさせるような台詞を吐くのだ。

「？　僕の顔に何か？」

奏の視線に、今度はクリスが首を傾げる。

「えっ、いやっ、何もないよ」

「そうですか？」

奏が首を振ると、クリスはベッドに腰掛けた。

ベッドが揺れ、思わず身構える奏を見て苦笑する。

「そんなに節操（せっそう）がなくはありませんよ。それとも、まだ足りないのでしたら、ご希望に添いますが？」

「たたたた足りなくなんてないっ！」

顔を近づけてくるクリスに、奏は顔を真っ赤に染めて身体を仰け反らした。

「ははは。冗談ですよ、冗談」

「……ぐっ…」

そう言われても信じられない。

「怯えないで…何もしませんから」

諭すように囁いて、クリスは奏の手を取った。

「……あ」

手首にはクリスにつけられた金のブレスレットが輝いている。それを見てまた、奏の胸が微かに曇る。

ブレスレットをずらして、クリスは白い手首に唇で触れた。

熱が手首の上を滑っていく感触に、背筋がぞくぞくして振り払おうとするが叶わない。

震えて強張る指に、ちゅっと口づけて、クリスは言った。

「庭の薔薇園へ自由に出入りして構いません。薔薇を植えようが採ろうが、これをつけている限り、誰もあなたに文句を言う者はいません。好きにしていいんです」

「ええっ？」

驚いて見上げる奏の瞳を覗き込んで、クリスはくす、と笑う。

「あの薔薇園を…？」

「ええ、だってソウは、薔薇が大好きですものね」

思わず声を弾ませてしまった奏にクリスも嬉しそうに、だけど、少し強い口調で言い聞かせるように話す。

「但し、護衛はつけます。二度と一人で行動はしないように。城の背後は深い森になっていて危険です。それに街へ降りるには正門から続く道以外に出口はありませんし、その正門には常時監視人がいて、警備は厳重です。僕と一緒以外には、出られません」

しっかりと釘を刺されてしまった。脱出を諦めるつもりはないが、薔薇園さえなかなか抜けられなかったくらいだ。慎重にしないとまずい。

また失敗して見つかれば、今度こそクリスは自分を許してくれないだろう。

奏はライブラリーでの厳しいクリスの表情を思い出して、心が不安に揺れた。

目の前で穏やかな笑顔を見せるクリスと、剣の切っ先を向けてきたクリス。

どちらも本物の彼なのに、その姿が重ならない。奏は違和感を覚えつつ、こく、と頷いた。


翌日、奏はどこからなら脱出できそうかと、城の中を歩き回ってみた。だが奏が行き来できる場所には使用人の姿があり、目立つ動きはできなかった。

仕方なく、ひと息いれようと、薔薇園へ出た。

昨夜も求められ、嫌だと言っても結局、乱れた姿を散々に披露(ひろう)するはめとなった。そのせいか腰が重怠(おもだる)い。

「…クリスってば、あんなに綺麗な顔してるのに、どうしてあそこまで……」

激しくできるのか、と言葉にしかけて、奏は慌てて唇を結んだ。

「な…なに言ってんだろ、オレ」

王子という高貴すぎる地位、それに釣りがくるほどの美貌を持つクリスに望まれ、抱かれている。

ただの薔薇研究者の自分に、どんな価値があるのかなんてわかるはずもない。

クリスの紋が入った腕のブレスレットは、彼の大切な存在であることを意味し、使用人たちは奏をそれ相応に扱う。

けれど奏は、自分がクリスに所有されている証しに、少し心が苦くなる。

とはいえ、好意をもたれて悪い気はしないし、クリスのことはなぜか嫌えない。

薔薇好きの自分のために、こんなにも素晴らしい薔薇園に自由に出入りできるようにもしてくれた。それに加えて、王宮という場所の特別な薔薇を好きにしていいなどという、権限まで与えてくれた。

ちらりと顧みると、クリスの言ったとおり、護衛の男性が一人従っている。だが、少し離れたところから奏の様子を見ているだけで、さほど気にはならない。

周りを特別な薔薇に囲まれ、奏の顔には知らず知らずの笑みが零れてくる。

黒に近い濃紅色の薔薇、黒真珠という種類に目を留めた時、奏はそういえば、と気になっていたことを思い出した。

「……キングス・ローズと他のどれかを掛け合わせてできる『真紅の薔薇』…」

顎に手を当てて呟き、くるりと身体を一回転させながら薔薇を眺める。

「真珠色の薔薇に、何を交配させたら真紅になるんだろう。この黒真珠には一度白のアイスバーグを交配させてみたことがあるけど……真紅になるどころか、受粉さえ成功しなかったし……あ…」

ぶつぶつと独り呟いていると、石畳の前方から歩いて来た少女と目が合った。

「君は……」

昨日、この薔薇園で出会った巻き毛の少女が、二人の屈強な男を従えて立っていた。確かあの時、男たちはカレンと叫んでいたように思う。

奏の姿を見つけたカレンは、後ろの男たちに何か言い、一人そばまで歩いてきた。

「あの、昨日は…ごめんなさい。クリスに問われてあなたの通った道を教えてしまったわ…」

両手を胸の前で握り合わせ、鈴の音に似た可愛らしい声で、申し訳なさそうに謝ってくる。

奏は、王子の名前を呼び捨てにできるこの少女は一体誰なんだろうと思ったが、ごめんなさいともう一度謝られて、慌てて彼女に笑顔を贈った。

「いや…それはいいんです。こっちこそ驚かせてごめんなさい…」

困ったように頭を掻く奏を、男たちは鋭い眼差しで見ていたが、セーターの袖から覗いたブレスレットを目にした途端に、その視線が一瞬訝しげに細まり、それから緩んだ。

「あっ…」

奏は袖を引っ張り、ブレスレットを隠す。しかし見られてしまったようで、彼女は瞳を見開いて、奏の顔を見上げてきた。

カレンが、言いにくそうに口を開いた。

「あの……あなたは、クリスとは……どういう関係でいらっしゃるの？」

「えっ？」

唐突な質問に躊躇う奏に、カレンはじっ、と疑うような視線を送ってくる。

「え、えー…と、そ、それは…」

何と説明していいのかわからずに口籠もっていると、ふいに背後から、強い力で腰を引き寄せられた。

「う…あっ！」

驚愕して振り返るとクリスだった。

「あなたがここにいると聞いて来ました」

護衛から連絡がいっているのだろうか。

無表情でそう告げるクリスは珍しくスーツ姿で、公務から城へ戻ってきたばかりのようだった。

クリスに人前で腰を抱かれて、奏の顔がかぁっ、と熱を持つ。

しかし、クリスはそんな奏に構うことなく、カレンに目を向けた。

従ってきたレニィが合図するまでもなく、カレンのつき人たちが恭しく頭を下げる。

暫（しば）しの沈黙の間、奏はそろ、と視線だけでクリスとカレンを交互に見やった。互いに目線を合わせてはいるものの、二人の間の空気は緊張を孕（はら）んでいる。カレンは不安げに瞳を揺らしながらクリスを見上げている。

クリスとはどういう関係なのだろう。

「クリス…」

迷うようにやっと声にしたカレンの呼び掛けに、クリスは短く、はい、と返答する。

「……その方は？」

戸惑いながら聞くカレンとは正反対に、クリスは眉ひとつ動かさずにはっきりと言った。

「この人は僕の婚約者です」

クリスの発言に、奏は心臓が口から出てしまいそうになった。

この国の人に比べ華奢であっても、自分は女には見えないはずだ。

ちら、と見たカレンは、思ったとおり酷く驚いた表情をしていて、奏は何とも言えない

複雑な気分で俯いた。

「え…でもその方は男性なのでは……」

「失礼」

クリスはカレンの問いを一言できつく遮って、奏ごと背を向けた。そして、そのまま歩き始める。

「あ、あの…ちょっと、クリス?」

見上げたクリスは、奏の言葉さえ聞こえていないかのように前を見据えていた。

次の日の早朝、王の急な要請により、クリスは公務で隣国へと渡った、と奏は部屋を訪れたレニィから聞かされた。

眠っている奏を起こしたくなくて、クリスがレニィに伝言を頼んだらしい。

今回、レニィがクリスに同行しなかったのは、三日も城を離れることになったクリスが奏のことを気に掛けたからだという。

しかし不本意なのか、レニィは何だかそわそわと落ち着かない様子で、浮かない面持ちだ。

近くで短いため息を何度も落とされれば、気になって、聞かずにいられなくなる。

「あの……レニィさん、どうかしたのですか？」

奏はレニィが持ってきた服に着替えながら、遠慮がちに尋ねた。

振り向いたレニィが、何か言いたげに唇を動かす。けれど、躊躇うように視線をさ迷わせて、答えの代わりに、今度は長いため息をついた。

クリスの傍らにつき従っている時の彼は、口数は少なくとも、もっと堂々としていて、こんなに不安そうな顔はしていない。

「レニィさん…？」

奏の呼び掛けに、レニィは眉間に深いしわを作る。

「私がご一緒していれば…」

「えっ？」

同行できなかったことを悔いるような口調でレニィが呟いた。

重く沈んだ声に掛ける言葉が見つからず、奏はただ黙って、レニィの横顔を眺めた。その視線に気づいたのか、レニィはふと我に返ったかのように振り向いて、心配そうに見つめる奏に、固い表情をほんの少しだけ和らげた。

そして、奏のほうへ身体を向け、一呼吸置いてから、まだ少し迷う唇を開いた。

「王は絶対者であることを、過度なほどに自負されている御方です。そのために……いるだけで目立ってしまうクリス様に対し、つらくあたられるのです。私がおそばについていれば、少しはクッションの役目を果たすこともできるのに……」

レニィはそう言って、口惜しそうに拳を握った。

そんな様子を見て、奏はあることを思い出した。中庭でメイドが言った言葉だ。

以前のクリスは、皆の前でも明るく笑っていたということ。笑わなくなった理由に、王が関係しているようなことも言っていて、気になったのを覚えている。

強引に自分を婚約者にしたのも、もしかするとそこに原因があるのかもしれない。

奏は急いで身支度を整えると、思いきってレニィに向き直った。

「クリスがあんなふうに人を寄せつけない態度なのは……王様と何か関係があるんですか？」

疑問の眼差しを向けると、レニィは少し驚いたように目を見開いて、それから少し間を置き、こくりと頷いた。

「あの…よかったら、何があったのか……教えてはもらえませんか？」

困惑の色を湛えていたレニィの瞳が、睨みつけるように鋭くなった。きつい眼差しに、奏は一瞬怯んだが、それでも何とか視線を逸らさずにみせた。

するとレニィは、ややあってふぅと吐息した。

「なかなかに強い心をお持ちのようですね……さすがにクリス様が花嫁に選んだ御方だ

けある」

レニィは重い口調で搾りだすように話しだした。

「王とクリス様の間には……確執があるのです。しかしそれは、王の一方的なもの……」

「確執……？」

簡単に言えば、兄弟仲が悪い、ということになるのだろうが、ここは王家だ。一般人のそんな安易な解釈では事足りない、何か深いものがあるのだろう。

「それにカレン様が加わってから、クリス様に対する王の風当たりが余計に酷くなりました」

「えっ……？」

カレンという名前を聞いて、奏はがばっ、と顔を上げた。

なぜここに突然、彼女が出てくるのか。つき人と共に庭にいたカレンの姿を思い出せば、彼女が身分のある人物だと推測できる。

だからなのか、余計に奏の胸に、理由のわからない焦燥感が湧き起こってくる。

「あの…カレン…様とクリスは、どういう関係なんですか？」

レニィは顔を曇らせて首を横に振った。

「すみません……少し出過ぎた真似をしてしまいました。カレン様のことは、私の口からお伝えすべきではありません。ただ、ソウ様が心配なさることはありませんのでご安心ください。それより、クリス様はきっとお疲れになって帰城なさいます。ですから、ご充分に癒してさしあげてください」

「え…あ、レニ……」

奏の呼び止めをすまなさそうに振り切り、レニィは頭を下げると、足早に部屋から退出して行った。

「……どういうことなんだ…」

奏の頭の中はこんがらがっていた。王と王子、それに二人にとってどういう繋がりがあるのかわからないままのカレン。

カレンがクリスにとって特別な存在であるのは間違いない。

独り部屋に残された奏は、自らの胸の痛みにも気づけぬほどに茫然としていた。

クリスが公務に出てから、城内を探索したものの隙がなく、奏は脱出を諦めて薔薇園へ出たり、ライブラリーで読書をしたりしていた。薔薇を好きなだけ眺められるというのに、なぜだか集中できず、落ちつかない気持ちでクリス不在の三日間を過ごしていた。

部屋から出る時にはなぜかレニィもつき従ってきた。レニィは普段、公務に忙しいクリスの側近として傍らについている。だから、ずっと城内にいる奏の護衛だけでは手持ち無沙汰らしい。奏の無聊を慰めようとしてか、趣味らしいフルートを奏でたりもしてくれた。

　王とクリスの確執やカレンのことなど、レニィに詳しく聞こうにも、それはクリスから聞くべきと言われて、とりつくしまもなかった。

「クリス様が戻られました」

　居室でお茶を飲んでいた奏に、メイドから声が掛かる、奏は急いでティーカップをソーサーへ戻して顔を上げた。

　公務から戻り、奏のいる自室へと直行してきたようで、クリスは正装のままだった。軍服姿は今ではもう見慣れたが、やはり元がいいだけに、いつ見ても美しくて気高く、そして凛々しい。

「…何してる？　早く下がりなさい」

　奏のそばで給仕をしていたメイドに向かって、クリスが冷ややかに命じる。

　メイドが一礼して下がり、奏と二人だけになると、まるで氷の仮面を脱ぐように穏やかな顔になった。

「ご機嫌はいかがですか、僕の花嫁？」

　手袋を取りながら、カツカツと堅く勇ましい足音を響かせて言った台詞がこれだ。

先日までの奏ならば、違和感しかない呼びかけに肩を落としていただろう。だけど、色んな疑問がそうさせず、三日ぶりに見たクリスの笑顔に、なぜかツキリと胸が痛んでしまう。

「どうしました？」

「あっ…な、何でもないよ」

クリスの心配げな顔を見て、奏は慌てて笑顔を作った。

ずっと気になっているカレンとの関係を聞こうかと思ったが、レニィの言葉を思い出して踏みとどまった。

「本当に？　何もありませんでしたか？」

「うん、何もない」

奏は間髪容れずに頷いた。

すると、ふっと吐息して、クリスが奏の手を取った。手の甲にそっと口づけられる。

「あ……」

気遣うような優しい唇にびくりと震えた身体を、包み込むように抱き締められ、こめかみにキスを落とされる。

三日振りのキスと抱擁に、奏は顔が熱くなった。

望んでいたわけではないはずなのに、こうしてクリスの香りと熱を感じると、なぜか

「帰って来てくれた」と奏の胸は甘く波打って、心地よささえ感じた。

クリスがいないことに知らず寂しさを覚えていたのだろうか。

身体をぴったりと寄せたまま、クリスは奏の頬を両手で持ち上げ、瞳を覗き込んでくる。

「離れていた間、僕はずっとソウのことを考えていました」

告白する涼しげな色の瞳には情欲が見える。逸れない熱い瞳に答えようもなく、奏は思わず俯いた。

クリスが奏の耳にそっと唇を寄せる。

「僕をあなたで癒してください」

吐息混じりに囁かれた言葉に、えっと顔を上げる間もなく、クリスは奏の手を引いて、奥のバスルームへと先導した。

「あ…ちょっ、ちょっと、待っ……やっ」

クリスは躊躇する奏を中へ入れ、さっさと手際よく服を剥いでいく。

「何を今更、恥ずかしがってるんですか。毎夜抱いているソウの身体は、すべて知り尽くしています」

ね、と妖艶な笑みを見せつけられて、奏は絶句してしまった。

服を脱がすことなど、クリスにはお手の物だ。シャツの胸元を押さえて阻止しようとしたが、するりと腕から抜かれて、ズボンもあっと言う間に下ろされた。

バスルームは広く、ナチュラルな色合いの壁際には、観葉植物が置かれている。脱衣場の大きな洗面ドレッサーの脇には、色とりどりの薔薇の花弁が盛られた籠があり、上品な香りが漂っている。

城に来てから、このバスルームは何度か使っている。

男二人で入っても何ら支障のない広さだと知っている。

けれど、クリスと一緒に入って、ただの入浴で終わるとは考えにくい。

「クリス…あの…変なことしないでよ？」

はっきり口にするのが躊躇われてそう言うと、クリスが愉快げに微笑んだ。

「変なこと、とは？」

「そ、それは…」

聞き返されて奏が口籠もると、そっと頬に触れられる。

「それはソウ次第です。あなたが可愛いから、僕は触れたくなる。それに、愛することは変なことではありません」

「う……」

「何かオイルを湯に入れましょう。ソウ、お好きなものをどうぞ」

そう言って服を脱ぎ始めたクリスから、奏は咄嗟に目を逸らした。

クリスを意識しすぎているのを誤魔化すように、ずらりと並ぶオイルの瓶に目をやる。

色々な種類のアロマオイルがあったが、わかるのは、薔薇エキスのオイルくらいだ。奏は疲労回復とリラックス効果のあるローズオイルを手に取り、半分ほど湯のはられたバスタブへと垂らした。

「これも浮かべましょう」

クリスは籠から薔薇の花弁をとり、湯の上に散らした。

たちまち濃厚な芳香がバスルームいっぱいに広がる。

貴重なローズオイルは、日本ではとても高価なものとして扱われている。それに加えて、湯面を埋め尽くす薔薇の花弁。

唖然と眺めていると背中から、クリスに抱き締められた。

「あっ…」

しっとりとした滑らかな肌が密着し、奏の心臓が大きく鳴った。

顔さえ見ずに過ごした三日間、クリスに抱かれることのない夜を清々しく感じるはずだった。

けれど実際は、二日めの夜には、熱くなる身体を自分で慰めてしまったのだ。

日本にいた時も、ジョハネのもとにいた時も、性の欲情を抑えきれなくなることなどなかった。

毎日、快楽を与え続けられた結果、こんな身体になってしまった。

クリスが自分の身体をこんなふうにしたんだ。

奏は恨めしそうな目を背後のクリスに向けた。

「なんですか、その目は……誘っているの？」

「ちがっ…さ、誘ってなんかないよ！」

クリスの意地悪な挑発に、奏は真っ赤になって、素直すぎる反応を返してしまう。

「僕が何？　じゃ、この赤い頬はどうしたのですか？　瞳が潤んでいるのはなぜですか？」

「ん…っ」

長い指の背で頬を撫でられて、奏は肩を震わせた。意地悪なクリスの問い詰めに、言葉ではなく、身体の反応で応えてしまう。

「こんなになまめかしい顔をして誘っておきながら、嘘をつくなんて、ソウはいけない子ですね」

「……っ…なにを…っわ…」

奏は反論する間もなく、そのまま抱き上げられて湯に浸けられる。そしてすぐに、クリスも入ってきた。

膝を強引に割られ、その間にクリスが身体を入れてくる。

「あぁっ…ちょっと…」

奏は息つく間もなく抱きすくめられ、濡れた肌どうしが触れ合った。

「ソウ……」

　色欲を含ませた美しい声で名前を呼ばれながら胸の尖りを指先で摘まれると、激しい動悸が甘い疼きに変化した。

「まっ…て。変なことをしないでって言っただろ」

「ソウが可愛いからどうしようもありません」

「可愛くなんか…んんっ」

　耳元に唇を寄せて囁かれ、耳朶にクリスの吐息が降りかかって、ひくんと首が竦む。

「やっ…」

　クリスと距離をとろうとして上半身を捩っても、両脚の間に彼がいて逃れられず、水音を響かせるだけだ。

「あっ？　あぁ…っ」

　クリスの唇が浮いた鎖骨をなぞり、乳首を捕らえて吸い上げた途端に、奏は高い声をあげてしまう。しっかりと肩を押さえつけられて、身動きできず、息を弾ませて喘ぐことしかできない。

「あっ…あ…っ、ちょ、クリス…や……ぁん…」

　頭を振って必死に抵抗しても、疼きは誤魔化せない。胸から身体中に広がっていくもどかしい感覚が、下半身に辿り着く寸前で、クリスは唇を離した。

「………あ…は……ぁ？」

盛り上がりかけた熱がさっと退いて、奏は思わずクリスを見た。口角を持ち上げてにやりと笑う意地悪な顔がある。

「なっ…」

物欲しげな表情をしてしまったのではないか、と奏は慌てて口元を引き締めた。

「ごめんなさい。だけど続きはまた後で…」

クリスはそう言って、勃ち上がり始めていた奏の中心に視線を落とした。

「あっ…」

奏は淫靡なクリスの視線から手で隠そうとしたが、その前に、クリスがくるりと自らの身体を反転させた。

「……え？」

後ろ向きに凭れ掛かってきたクリスの頭が、ちょうど奏の胸にある。

「…な…に……クリス？」

「………洗って」

クリスは、したいようにするだけして、奏に凭れたまま両目を閉じてしまった。

オイルの効果のせいなのか、クリスは完全にリラックスした様子で、規則正しい呼吸を繰り返している。どうやら眠ってしまったようだ。

クリスがこんなふうに隙を見せることなど今までになかったことで、レニィの言ったとおり、王と一緒であったことが、これほどまでに彼を疲弊させるものなのかと、奏は少し気の毒に思った。

クリスの身勝手さに腹をたててもいいはずなのに、なぜか突き放せない。

他人の前では笑顔を見せないクリスが、自分にだけはこんな無防備な姿を見せるからだろうか。

奏は何度か深呼吸をして、気分を何とか落ち着かせると、戸惑いながらも白金の髪に指を絡め、薔薇の香りがする湯にたっぷりと浸した。

言われたとおりに身体と髪を洗い終えても、クリスは気持ちよさげに寝息をたてていた。寝かせてあげたいのは山々ながら、このままでは奏がのぼせてしまう。

声を掛けながら身体を揺すって、何とかクリスを起こした――までは良かったのだが。

目を覚ましたクリスはすっかり元気を取り戻していて、バスタブの中で、そのまま抱き締められて拘束された。

暴れる足の間にするりと潜ってきた手に弄ばれると、先程、中途半端に放り出されていただけに、奏の中心はすぐに色濃い反応を示してしまう。

嬉しそうにそれを眺めたクリスは、もう片方の手を後ろへ忍ばせ中を探ってきた。

「あぁ？　や…っん…ぁ…」

巧みなクリスの指の動きに翻弄され、奏の視界がくらくらと歪む。

執拗に中を抉る指と、中心を擦る手のひらに、奏はなす術もなく、ただびくびくと全身を痙攣させて、達かされてしまったのだ。

「早いですね…昼は生意気でも、下のこの口は僕がいなくて寂しかったって……正直ですよ」

と揶揄され、真っ赤になりながら、クリスの背中を力なく叩いた。

それからもう一度、バスルームで達かされて、ベッドへ運ばれた。

すっかり彼のペースに嵌められてしまっている。

「ほ、ほんとに…っ、その顔の…ぁっ…どこにそんな力……があぁっ…っ」

「僕は軍隊でちゃんとした訓練を受けた人間ですからね。顔で決めるのなら、ソウだって童顔のくせして、こんなにいやらしい声を出すじゃないですか」

「そっ…そんなことっ…あぁっ…あ……」

否定しようとすれば後ろをクリスのもので強く穿たれて、言葉が喉で止まってしまう。

湯上がりで火照った肌を、あちこち吸われて、奏の身体には赤い花弁のような跡がたくさんついていた。その跡を辿るように、クリスはひとつひとつに口づけしていく。

「んんっ…」

奏はそのたびに身を捩って、くぐもった声を漏らした。

散々、達かされたというのに、奏の中心はまた熱をためて蜜を垂らしている。クリスに激しく腰を揺らされるたびに、それが滴り落ちて腹を濡らしていく。

「くっ……」

何だかんだと文句を言っても、感じていることは知れてしまうのだ。

「随分、敏感になりましたね。ここも、ここも……全身で感じてる」

「あぁっ…あ…っ…はぁ……っん」

熟した胸を唇で啄まれ、張り詰める下半身を指で弄ばれると、自分ではないような声が出る。

なんとか唇を結んでも、

「だめ、可愛いから、もっと鳴いて」

と、指を口内に挿れられ、舌を撫でられる。

「はぅ…ぅあ…ん…あんっ…」

胸の突起に舌を絡められて、奏は仰け反りながら甲高い声をあげた。途端、奏の体内を埋めるクリスの質量がぐん、と増す。

「んっ…きっつ……待ってソウ、今、溶かしてあげる」

低く呟いた、クリスの抽挿が激しくなった。

「あぁっ…や……またそん…な…ぁ……っ」

強く突かれるごとに、熱い吐息と嬌声が漏れる。奏の中心も、弾けそうに震えている。

「うん…いい……その声、可愛い」

クリスに抱かれるたびにより身体が開発されていく。どこまでいくのか知れない深い色欲に、奏は怖いながらも溺(おぼ)れてしまう。

「あ………ぅ…うっ…ゃ…はぁ…」

「…ソウ……、あなたの中へ……もっと僕を招いて……」

全てを犯し尽くすがごとく熱く囁かれると、奏の身体は全霊で応えるように、クリスを深みへと受け入れる。

「――――――っ…」

「あ…ぁ……」

奏が蜜を放った直後に、クリスの体液が奥へと流し込まれる。

下腹部に感じる熱に朦朧(もうろう)としながら、奏はクリスの顔をぼんやりと仰ぎ見た。

額が、頬が汗で濡れている。極みに到達し、恍惚(こうこつ)の表情を浮かべていても、クリスはやはり美しく、気品さえ失わずにいる。

　地位も名誉も、容姿も申し分ない、一国の王子。

　なぜ自分なんかが彼のそばにいるのだろう。目映いばかりのクリスを目の前にして、何度目かわからない思いが胸を過った。

　特権階級のただの気まぐれ、だから飽きられたら自由になれる。プライドを捨ててそう割り切ってしまえば、幾分かは気楽になれるのだろうか。

　明かりを絞ったシャンデリアの光が、まだ湿り気を残すクリスの髪を宝石のように輝かせている。

「あ……」

　急に奏の脳裏にカレンの顔が浮かび上がってきた。

　クリスと同じ髪色の可憐な少女。クリスの変貌に、何か関わりのあるカレン。

　奏のブレスレットを見た時の、そしてクリスが自分を婚約者だと紹介した時の、彼女の表情も覚えている。大きな緑色の瞳を見開いて驚き、そのあとすぐに陰らせた。

　カレンのクリスを見る瞳は、ただの友達や知人に向けるものではなかった。何かを気にする、そんな瞳だった。

　彼女が誰であるのか教えてもらえなかったことが、奏の考えに拍車（はくしゃ）をかける。

　――もしかして、カレンはクリスのことを？　そしてクリスも……？

　奏ははっとしてクリスの顔を見た。

不可思議そうに、じっと奏を見つめるクリスと視線がかち合う。

自分の想像が正しければ、なぜクリスは自分なんかを抱き、結婚すると言うのだろう。

本当は誰でもよかったんじゃないのか？

言いようのない不安と猜疑心が突如襲ってきて心が乱れ、胸の中にある声が、そのまま口をついて出てしまった。

「…なんで…オレなんだよ……」

「ソウ…？　どうしたんですか……」

突如、涙声になった奏に、クリスが困惑を隠しきれない表情で、顔を覗き込んでくる。

その視線から逃れようと奏が顔を背けると、そっと髪を撫でられた。

優しい手つきに、胸が苦しくなる。クリスのことなんて好きじゃないのにどうして…。

奏はクリスの手を払って、両腕で顔を隠した。

「わからない……」

クリスはそんな奏の様子を黙って見守り、暫くしてから何も言わずにそっと身体を離した。

辺りが夜のとばりに包まれ、静寂が訪れても、奏は未だにベッドの中で丸くなっていた。

昨夜はあれから一睡もできなかった。いろんなことが頭を駆け巡って、それを整理できずに放っておいたら朝になった。

隣で静かに横たわっていたクリスが眠ったかどうかは、一晩中背を向けていたのでわからない。

朝になり、公務に出掛けるクリスが頬に触れてきた時、奏は咄嗟に眠ったふりをした。

食欲も全くわかない。朝、昼、夕と運ばれてきた三度の食事に、口をつけることはなかった。

心配そうに様子を窺いにきてくれるメイドに、一人にしてと願って、潜り込んだ布団の中で、ある図を思い描いていた。クリスを中央に置いて、自分とカレンを両天秤に掛ける図だ。

なぜそんなものを描くのかは、理由づけできない。

ただ漠然とした焦燥感と苛立ち、そして張り裂けそうな痛みが、胸に襲い掛かってきた。

けれどこうして、やわらかなシーツの感触に長く身体を預けていると、少しずつ落ち着いてきた。

「喉が乾いたな…」

水さえ口にしていなかった。気づけば口の中がからからになっていて、声も掠れてしまっている。それでもベッドから出て、テーブルに行くのを億劫に感じた。

手の届きようがないテーブル上の銀色の水差しに視線を向けた時、急ぐ靴音が廊下から聞こえてきた。それがこの部屋へと近づいてきている。

慌ただしく扉が開き、血相を変えたクリスが入ってきた。

「ソウ、朝から何も食べていないそうですね？」

クリスは一直線にベッドへと向かってきて、珍しく大きな声を出した。

その声に、奏は眉を寄せて顔を背ける。

「っ…体調がすぐれないのですか？」

クリスははっと息をのむと、今度は潜めた声で心配そうに聞き、奏の額に触れてくる。

それを頭を振って払い、奏はブランケットを引っ張って顔を覆った。クリスの顔を見るのが気鬱でたまらないのだ。

「…昨夜から急におかしいですよ。いったいどうしたのですか？」

それは奏も自身に尋ねたいことだ。この情緒不安定な状態はいったい何なんだろう、と思う。

返答のない奏にクリスは困ったようにため息を漏らし、ベッドの脇から離れる。

「どうかお願いです。水だけでも飲んでくれませんか…」

優しく言われて、奏は喉の渇きを思い出した。それに、こんなふうに下手に出られては、申し訳なく感じてしまう。

そうっと、鼻の上まで顔を出して、奏はクリスを見上げた。

テーブルの水差しから水を注いだコップを手に穏やかに笑う、いつものクリスが傍らにいた。

「どうぞ」

コップを差し出されて、奏はまだ少し迷いながらも、身体の要求に負ける。

クリスはベッドに腰掛け、身体を起こす奏の背中を支えて手伝い、コップを手渡してくれた。

「……ありがと…」

酷い声に、クリスは一瞬驚いた顔をしたが、何も言わずに奏が水を飲むのを見ながら、静かに背中を撫でてくる。

そのクリスの腕が温かく、奏はつい、導かれるように身体を寄せてしまった。

「ソウ？」

クリスがびっくりしたように瞳を丸くする。

「…大丈夫ですか？」

奏を愛しげに腕に抱き止めて、クリスが尋ねてくる。

奏は自分の行動に戸惑いながらも、優しいクリスの腕からなぜか離れられないままで、小さく頷いた。

そんな奏の額に、クリスは唇で触れてきた。

奏が瞳を上げると、心配そうに微笑むクリスの顔がある。

「ごめん…大丈夫。もう大丈夫だから」

身体の具合は悪くない。だから、これ以上、クリスに心配を掛けるわけにはいかない。

奏はじっと見下ろしてくるクリスに、笑みを作った。そうすると、クリスも笑みを返し、何か思いついたように瞬きをした。

そして、納得したように小さく首を縦に振って、ゆっくりと立ち上がった。

「少しだけ待っていてくださいね」

言って、クリスはウインクをして部屋を出て行く。何をしに行ったのかと奏が首を傾げて見送ると、十分ほど経っただろうか、クリスが足早に戻ってきた。

「え……着替え？　……もう夜だよ？」

奏はもうこのまま眠るつもりでいただけに、クリスに着替えを差し出されて困惑する。

壁の時計の短針は八の数字を指しているのだ。この時間からどこへ出掛けようとしているのか、クリスの行動の意図がわからない。

「野生の薔薇が咲き乱れる、秘密の場所へ連れていってあげます」

いつもと違う奏を元気にしようとして、クリスはそんな提案をしたのだった。

クリスに連れられてライブラリーへ行くと、レニィが白馬の手綱を持って待っていた。

「わ……」

金のたてがみにグレーの瞳が美しい、立派な白馬を目の前にして、奏は感嘆の声をあげた。

馬に見蕩れて立ち尽くす奏に、クリスは微笑する。

「どうぞ、お気をつけて」

声をかけたレニィに軽く頷いて、クリスは手綱を受け取ると、軽い身のこなしで馬に跨がった。

「おいで、ソウ」

馬上から手が差し伸べられる。

「え……」

この国に来た時、警備服に身を包んだ人が馬に騎乗して、街中を闊歩しているのに感動した。

でもそれは、遠くから眺めてのことであって、自分が乗るとなると話は別だった。大きな馬体を目の前にして奏が尻込みしていると、レニィが無言で背を押し、乗るようにと促してくる。

「で、でも……」

「大丈夫。僕がついています。それにこれは僕が信頼する愛馬のマリィです。賢い彼女が、僕の花嫁となるあなたを振り落としたりするわけがありませんよ」

奏の心配を察したかのように、クリスがそう言って馬の首を撫でると、雌の白馬は優しい眼差しを奏へと向けた。

「ほら、彼女もソウを受け入れていますね、さぁ…」

「う……うん」

本当はまだ怖い。けれどそれ以上に、クリスが案内してくれるという、野生の薔薇の群生地には行きたい。そのために、わざわざ着替えてついてきたのだ。

躊躇しながらクリスの手を取ると、レニィが身体を持ち上げ、クリスの前に乗せてくれた。

マリィはおとなしく、馬上は思ったほどに怖くは感じず、むしろ騎乗できたことの嬉しさで、胸が踊った。

横向きに座った体勢で少し顎を上げると、穏やかに微笑むクリスの顔が間近にある。

白馬に跨がる目もあやな王子——その役どころが、まさにクリスにしっくりとはまっている。

行く先々で、クリスを見た女性は、その凄艶さに一目で恋に落ちてしまうんじゃないかと思う。こんなふうに、一緒に馬に乗ることを夢見ているかもしれない。

それなのに、彼の腕の中にいるのは自分なのだ。その不思議さに戸惑いつつも、奏は少しだけ優越感も感じてしまっていた。

クリスが横腹を蹴って合図すると、馬がゆっくり歩きだした。小さな振動からも守るように、力強い腕に身体を支えられ、きゅ、と胸に抱き入れられた。

「馬でないと行けない林道です。急ぎはしませんが、掴まっていてくださいね」

「う…うん…」

身体が密着して心臓が煩くなるが、独りでベッドにいるよりも安心する。

奏はおとなしくクリスの腰に腕を回した。


ライブラリーの背後に見えていた針葉樹の暗い森。

森の外側から見た時も幻想的だったが、いざそこへ踏み入ってみると、想像を超えた情景が目の前に広がった。

四月始めの北欧。まだ肌寒い季節だ。夜ともなれば空気は冷たく、吐く息も白くなる。

セーターの上にケープを羽織っていても、ひんやりとした空気が肌に伝わってくる。

馬が一頭、やっと通れるくらいの細い林道は、ほとんど獣道だ。高い木々の透き間から差し込む月明かりだけが頼りの漆黒の世界。

だが、梟が鳴き、夜行性の動物たちが横切り、森の息吹が感じられる。

その中を、二人を乗せた白馬がゆっくりと歩を進めていく。

そうして暫く行ったところで声をかけられた。

「ほら、ソウ、前を見て」

「……う……わ…」

周囲を白樺や樅に守られた、美しく澄んだエメラルド色の湖が目前に現れた。

甘美な香りを放つ林檎やベリーの木も見え、静かな湖面には三日月が浮かんでいる。

そして湖のほとりには、真珠色のキングス・ローズを始めとする、数え切れない数の野生の薔薇が——。

アダムとイヴの伝説はここから生まれたのではないかという錯覚さえしてしまう。

まるで神話の中の世界そのものだった。

「お気に召しましたか?」

先に馬から降りたクリスが、奏を抱き下ろしてくれる。

「こんな場所が…現実にあるなんて……」

奏は瞬きもできずに景色に見蕩れた。

「ここはヴィスタフ家の所有地で、僕が亡き前王から譲り受けた地です。今では僕と現王、それにレニィくらいしかこの場所を知りません」

王家の秘密の地――そんな特別な場所へ、自分が足を踏み入れてもいいのだろうか。しかしクリスは微笑みながら、奏の腰を抱いて、湖のそばまでゆっくりと連れていった。

高い木々に囲まれた湖には強い風も吹いてはこず、さほど寒さも感じない。

奏は連れられるままに歩いて、辺りに視線を巡らせた。

「凄い……ね。こんなところに…こんなにたくさん……まるで秘密の花園だね」

奏はこれほどの野生の薔薇を見るのは初めてだ。

呟きながら自然と笑みを零す奏を、クリスが愛しげに見つめるのにも気づかなかった。

「よかった……ソウにまた笑顔が戻った」

「えっ…」

顔を上げた奏に、クリスはいいえ、何でも、と首を振り、

「どうぞ、好きに見てください」

と言って、少し離れたところに腰を下ろした。

クリスが何と言ったのかは聞き取れなかったが、彼の笑顔を見れば、気に止めるほどの内容ではなかったのかと思う。

なので奏は、頷いて薔薇に視線を戻す。

「……ブルームーン…それにモーツァルト、ラ・フランスにシンデレラまで………これだけの種類が一カ所で野生化してるなんてありえないよ……ほんと、夢みたいだ…」

目に映る全ての薔薇が美しくて眩しく、何度も感嘆のため息が零れる。

そして、そんな中でも一際気品に溢れ、存在感のあるものがキングス・ローズだった。

「これ…ジョハネさんのご先祖さまが創った薔薇なんだよね…凄いな……オレもいつかこんな立派な花を創ってみたい…」

見つめれば見つめるほど素晴らしい薔薇で、大きく気高い様は、まさに王家にふさわしい。

「あ、そうだ。ここの薔薇なら……、ひょっとしたらキングス・ローズと交配させて真紅になる種類を見つけられるかも」

手入れの行き届いた城の薔薇園もいいが、この自然のままに咲く薔薇に奏の研究者としての血が騒ぎ始めた。

何か新しい発見があるかもしれない、そんな期待感が湧いてくるのだ。

あちこちにしゃがみこんでは、薔薇を手に取り、じっくりと眺める。これはだめだな、あれも違う、とぶつぶつ言いながら調べていると、目の前に突然、色とりどりの薔薇の花束が差し出された。

「……え?」

「二人で来た記念、ソウへのプレゼントです。ここに咲く種類…全部で作ってみました」

困ったように頭に手をやりながら、薔薇の花束を手にしたクリスが、奏の前に跪いていた。

「クリスが…作ってくれたの？」

「……はい。初めて自分でやったもので…あの、見栄えは…よくはないでしょうけど」

照れたように少しはにかむクリスを見て、奏は研究者としてではなく、花をプレゼントされて喜ぶ女性の気持ちがわかる気がした。

しかもこれは、王子の処女作なのだ。

何て贅沢で特別なんだろう、と思う。

「あ、ありがとう…」

クリスの感情が伝染したのか、受け取る奏も照れくさくなる。

受け取ろうと伸ばした手に、ちくっとした痛みが走り、奏は慌てて引っ込めた。

「………っ！」

どうやら刺に触れてしまったらしい。

「あぁっ、大丈夫ですか？　ソウ！」

「大丈夫だよ、薔薇に刺はつきものだし、こんなの日常茶飯事だから…」

大袈裟に顔色を変えたクリスに、奏はひらひらと手を振って、大した傷でないことをアピールする――が、その奏の指がとられ、クリスの唇が触れる。

「あ……」

舌先が優しく皮膚を撫で、傷を癒していく。

「……っふ」

奏は指から全身に甘い痺れが駆け抜けるのを感じた。

最後に一際優しく口づけをして、クリスはそっと唇を離した。

「刺は取り除いたはずだったのに…ソウの指を傷つけてしまいました。本当にごめんなさい」

「あ…いや、あのっ…その、だからこんなの、ほんの小さな傷だって…」

クリスの行為に快感を感じてしまった奏は、慌てて言い繕った。

「小さくても…です。他の誰が傷つこうが構いませんが、ソウだけはいけない」

「………え…?」

クリスの発言に、奏はまただ、と思う。時々、クリスはこういうことを言う。

実際、言葉のとおり、クリスは身の回りの世話をしてくれるメイドにさえいつも冷たく、心を開いていないように感じる。

使用人などでは絶対にないであろうカレンに対しても例外ではなかった。しかしカレンのほうは、というと、そうではなかった。しかも、クリスの唯一の側近といっていいレニィも、クリスの態度がカレンと何か関係のあるようなことを言っていた。

彼女の思いがクリスにあるのではないか、そしてクリスは？　と考えて昨夜は眠れなかった。

もし二人が思い合っているのならば、どうしてクリスは自分をそばに置くのだろうか。

なぜカレンにも冷たい態度をとるのだろうか。

考えても答えのでない疑問に気分が沈んでくる。

「どうしたのですか？」

急に暗い顔をして俯いた奏の顔を、クリスは心配そうに覗き込んできた。

その顔をちら、と見上げて、奏はブレスレットに触れながら、ずっと知りたかったことを聞くために、困惑の表情で口を開いた。

「……カレンっていう人……あの女性は一体誰なの？　クリスの…何なの？」

カレンの名前を出した途端にクリスの表情ががらりと険しいものに変わり、奏はびくりと肩を竦めた。

「僕の何って……、ソウ？　何を疑っているのですか？」

怒りさえ感じる冷ややかな声が、笑みの消えた唇から発せられる。奏を見るクリスの瞳も、剣のように鋭い。クリスの怒りに触れるほど禁忌の関係なのだろうか。けれどこんな態度をとられると、余計に気になってしまう。

奏はきっ、と顔を上げた。

「あのカレンって人は、ひょっとしたら……クリスのことを好きなん…」

そう口にした途端、クリスに両方の手首を強く掴まれる。

「いっ…」

痛みに歪む奏の顔に、クリスは鋭い瞳を寄せた。

「滅多なことをいうものではありません…」

低音で脅すように言われ、手首を握る力が更に強くなる。奏は痛みで身体を捩らせた。

「……痛い、クリス離しっ…」

逃れようと必死にもがく奏を見て、クリスははっ、と手を離した。

「あ…ごめんなさい」

小さな声でクリスが謝る。そして、指の痕がついた奏の手首に目をやり、すまなさそうに摩ってきた。

その手に怯えを隠せない奏に、クリスはため息をひとつ零した。

「カレンは王と僕の従兄妹であり……現在では王妃なのです」

「……え？」

思いもしなかった答えがクリスの口から返ってきて、奏は目を瞠った。

「王妃はまだ一七です。二年前に若くして倍も歳の離れた王の妃となりました」

「……王妃…?」

「ええ。若いけれど、彼女はれっきとした国王の妃です」

クリスの言葉通り、カレンは見た目も年相応に若く、だから奏はまさか王妃だとは考えなかった。

驚きで瞬きも忘れてしまっている奏に、クリスは続ける。

「やはり若過ぎたのか、結婚当初の王妃は、不安や戸惑いを拭いきれなかったのでしょう。城の中で相談できる者を見つけられず、彼女は幼い頃から親しくしていた僕を頼ってきました。僕はできる範囲で相談に乗っていたのです……けれどその僕とカレンの仲を王が誤解して……」

言葉が途切れ、奏はどうかしたのかとクリスの顔を覗き込む。

「あ、いいえ、なんでも……とにかく、カレンとは王妃と王子という関係以外の何物でもありません。それは神と…ソウに誓います。…それに僕は、兄である王に忠誠を誓っているのです。間違っても、そんな反逆にあたるような感情は持ち得ません」

そう言って、クリスはいつものように微笑んで、奏の身体を引き寄せた。

「だからソウは何も心配しないで、僕を信じてください」

「あ……」

互いの睫毛が触れるほどの至近距離。こんな間近で嘘をつけば、瞳がそれをばらすだろう。真っすぐに見つめてくるクリスの瞳は、偽りを隠しているようには見えなかった。

　奏を抱き、髪を撫でる手も優しい。

　クリスが途中で言葉を濁した話の続きは気にはなるが、それよりも、カレンのことを何とも思っていないことをクリスの口からはっきり聞いて、胸のつかえがとれたように楽になった。

　どうしてこんなにも自分の気持ちの陰鬱（いんうつ）が左右されるのか、答えを見つけられずにいると、すっとクリスの影が重なって、唇を合わされた。

「……ん…」

　抱き締められた背中を掻き抱かれ、口づけが深くなる。歯列を割って入ってきたクリスの舌が、奏の口内を探るように動き、掻きまわす。

「…っふ……んぅ」

　奏はクリスのシャツを握り締めた。動揺も抵抗も、全てが濃密な口づけに飲み込まれていくようだ。

　震える舌を搦めとって甘く吸い上げ、淫靡な音を立ててクリスの唇が離れる。

「…あ……」

　紅潮した頬を両手のひらでくるまれ、額を寄せられた。

「僕は何にも執着しない……ソウ以外はね。こんなことをしたいと思うのもあなただけです。だからソウは、今までのように、純粋な目で僕だけを見てほしい。僕だけのものであってほしい」

慈悲を請うような瞳で切なげに告げられ、奏の胸がきゅっ、と締めつけられる。

「ここの薔薇もすべてあなたに贈りましょう」

「え……？」

奏は思わずクリスを凝視する。クリスはそっと、秘密を打ち明けた。

「ここは……あの禁断のエデンなのです」

一瞬、何を言われたのかわからなかった。

奏は、ここが伝説にでてきた禁断のエデンだと知って、それならば、と目を大きく見開いた。

「じ、じゃぁ、し、真紅の薔薇…真紅の薔薇がここに咲いているはずなんじゃゃ…」

「いいえ、それは残念ながら…。今ここには咲いていませんし、僕も未だに見たことがありません」

苦笑しながらのクリスの返事に、奏は肩を落とした。

「その代わりに、奏が読めなかった部分の伝説をお話ししましょう」

「えっ！」

ぱっと顔を上げた顔が期待感に満ちていくのが自分でもわかる。そんな奏を、クリスは楽しげに見つめた。

「その前に…」

クリスはエデンの入口に待たせているマリィをそばへと呼び、首に下げさせていた袋からナプキンに包んだ何かを取り出した。中には薄く切ったライ麦パン、それにベリージャムの小瓶数個が入っていた。

「簡単なものしか用意できなかったのですが……でもソウはベリーが好きなんですよね、メイドが言っていました」

小瓶を掲げて笑うクリスを見て、奏は自分が空腹であることに気づいた。食欲がなかったのが嘘のようにきゅるると腹が鳴る。

「さ、ここに座って」

柔らかな草の上に、クリスは先に腰を下ろした。

「紅茶もあります。あ、あとチーズとヨーグルトも…」

言いながら、順番に手にして見せ、どれでも好きなものをと勧めてくる。

奏が食事もせずに元気をなくしていた理由を、クリスは知らない。なのに責めも怒りもせず、何とか元気を取り戻させようと、食事を用意してエデンにまで連れてきてくれた。

そればかりか、花束をこしらえて奏を抱き寄せ、このエデンの薔薇をすべてくれると、夢のようなことを言った。

それらはすべて、クリスが自分を気遣ってしてくれたことだと、奏は今、強く実感した。

「……クリス…」

楽しそうにパンにジャムを塗るクリスを見て、急に奏は胸が焼けるような思いが込み上げてきた。

嬉しいのか悲しいのか、よくわからないが、鼻の奥がつん、と痛くなり、痛みと甘さが一緒になって、胸に渦(うず)を巻く。小さな胸から今にも溢れてしまいそうなそれを抑え込むように、クリスからもらった花束をぎゅっと抱き締めた。

こんな気持ちになるのは初めてだ。

クリスのことを思うと息苦しくなる。これが恋なのかもしれない。

「はい、どうぞ。ホワイトカラントのジャムを塗ってみまし……ソウ、どうかしましたか?」

目をこする奏を見て、クリスは心配げな顔をする。

「何でもない。ありがとう、いただきます」

奏は慌てて鼻をすすり、花束をそっと横に置いてクリスからパンを受け取ると、涙を誤魔化すように急いで頬張った。一口かじると、甘い葡萄(ぶどう)に似た香りと味が口の中に広がる。

「おいし……」

呟きに、よかったと笑うクリスを見て、ありがとうという言葉の代わりに、笑って見せた。

頬杖をつくクリスに優しく見守られ、奏は初めて経験する甘い痛みに胸をときめかせる。

けれど、見つめられていると面映くなってきて、クリスに伝説を語ってくれるように急かした。

「ほ、ほら、食べるからさ。ね、お願い。話して」

クリスは焦らすことなく鷹揚に頷くと、ゆっくりと話し出した。

「……伝説によると、王子とヴィクトリア…二人の愛には、困難が待ち受けていたのです」

「……というと？」

奏のパンを口に運んでいた手が止まる。

「いずれ王となる者の妃が街娘では釣り合わぬ、と王子の父である時の王がヴィクトリアを他の土地へと追いやり、愛し合う二人の仲を無理やりに裂いたのです」

「王様が……」

「それを知った王子は、必死になってヴィクトリアを捜します。けれど、慣れぬ土地での暮らしが彼女の心身に負担をかけたのでしょう、王子がやっと居場所を突き止めた時には、ヴィクトリアは病床にいました」

「病気になっちゃったの？」

ええ、とクリスは頷いて、当時の情景を思い浮かべるように遠い目をした。

「王子は三夜、休まずに馬を走らせ、彼女のもとへと急ぎます………けれど、王子が到着するほんの僅か前に、ヴィクトリアは息をひきとってしまっていました」

「…そん……な…」

「彼女を護れなかった責任を、王子は自分一人で背負い込みました。王子はこの禁断のエデンで、涙が涸れるまで嘆き続け………その涙でできたのが、この湖だそうです。……ここは王子とヴィクトリアが、初めて結ばれた場所だったのです」

「この…エデン……が」

「二人が結ばれたのは、オーロラが美しい夜だったと、伝えられています」

クリスが天を仰ぐ。夜空には三日月と無数の星がきらめいているだけで、オーロラは姿を見せてはいない。

「この季節ではもう、オーロラを見るのは難しいですね……ソウ…？」

「…可哀想……だ……まさかそんな…そんな結末だったなんて…う…っ」

大粒の涙を零してしゃくり上げる奏に、クリスの目が愛しげに細められる。

「泣かないでソウ…遥か以前のお話です」

「む、昔の話でも…今の話でも…っく……悲しいのには変わりがないよ…。だって二人は…愛し合っていた…のに……そんな別れの仕方なんて…悔やんでも悔やみきれな…いよね」

愛し合う二人が、一緒になることが叶わなかった悲しい恋の結末。

このエデンが美しければ美しいほどに、悲恋の伝説も悲しいものとなる。物語に入り込んで、王子に感情移入してしまい、ヴィクトリアの死を嘆かずにはいられなかった。

奏はクリスに身体を抱き寄せられ、眦(まなじり)に口づけを受ける。

「……ぅ…っく…」

「ソウ…あなたは本当に綺麗です…。僕のそばにいても心を偽らない。何も望まない。あなたのためなら、僕は何だって用意する覚悟があるのに…」

「そんなの何もいらない……だってオレは…お金や地位が欲しいわけじゃない」

「ええ、そうですね。ソウは僕の顔色を窺うような真似はしない。だから僕はあなたを選んだ」

胸に抱き入れられて、髪に口づけられる。悲しみを慰めてくれる腕の温かさに、奏の心が包み溶かされていく。

クリスは自分の腕におとなしく抱かれている奏に視線を落とした。指先で涙の跡を辿っていく。濡れた唇をなぞって顎に指を掛け、奏の顔を上向かせた。

「あなたに出会って、初めて僕は欲求というものを知りました」

「……あ」

クリスの真剣な眼差しに、ふるりと奏の胸が震えた。

優しい口づけが唇に舞い降りて瞼を伏せる。

「ソウ、ここで、このエデンであなたを抱きたい」

口づけの合間にそう熱く囁かれる。

奏は目を開いて、クリスの顔を見上げた。じっと奏を見つめるクリスはどこか不安げで、いつものような強引な交わりを求めてはいない、そんな表情をしていた。

腰を優しく撫でる手が、許しが出るのを待っている。

「…伝説ではエデンで結ばれると……悲しい結末になるんだよ？」

「伝説ではね。僕はソウとこれからの物語を創ります」

首を横に振って、クリスはきっぱりとそう言った。

一方的に配役に組み込まれた奏は苦笑する。けれど、身体に触れるクリスの手がいやではなく、むしろじれったい動きに甘い吐息すら出てしまう。

無理に身体を繋げられた初めての時のように、全身が熱くなってくるのだ。

「……ジャムか何かに…また薬を入れた？」

冗談めかして聞き、恐る恐るクリスの頬に触れてみた。

困ったように笑うクリスに手を握られ、指先にキスをされる。

「んっ……」

それだけで、奏の身体が痺れる。

「…かもしれませんね」

そう言って、クリスは奏の身体を草の上に静かに横たえた。

緑の上に散らした黒髪を梳かれながら、唇を塞がれる。入り込んでくるクリスの舌に意識を奪われている間に、胸元をはだけられていく。

「……ふ…」

ひやりと冷たい空気が肌に触れたのも束の間で、熱い手のひらに胸を撫でられると、たちまちそこから熱が生まれた。

クリスの唇が顎から鎖骨へと下りていき、白い胸に行き着く。

「ぁ…っ……んっっ…」

濡れた熱い舌先で舐め上げられ、起き上がった色づく粒を強く吸われる。もう片方は指で巧みに捏ね上げられ、尖らされていく。それを何度か繰り返されるたびに、ぞくぞくとした感覚が湧き上がってきて、奏は首を反らして身体をくねらせた。

痛いほどに尖った胸の先は極度に敏感になり、微かな風にも感じてしまう。

「艶やかに……ソウの花が咲きましたね」

耳元で妖しく囁いて、クリスは周囲に咲くキングス・ローズに手を伸ばした。一際大きな花を手折ると、瑞々しい花弁にキスをして、それを奏の胸へと滑らせた。

「あっ……ぁ…はぁっ…ん」

花弁で胸の先端を弄ばれ、奏は自分でも驚くようななまめかしい声をあげてしまう。

「可愛い…そう、素直でいい。感じるままに…」

肌の上に花弁を滑らせながら、ズボンの留め金を外され、下着と一緒に脱がされた。

「あ……っ…」

僅かに硬くなった奏のモノを指ですくったクリスは、更にもっと淫らな形に変化させるように、揉みしだき、擦り上げる。

「う…ぅ…っあ…あっ…」

甘ったるい悦楽に昂ぶらされて、奏はもどかしさに腰を突き上げた。

クリスは、先から滲み出てきた蜜を舐めとり、震えるモノを口内に含んだ。

「――っあ…」

生温かい感触に、奏はまさか、と首を起こして慄(おのの)いた。

「そ、そんな、クリス、だめ…汚いよ」

「汚い？　いいえ、ソウほど綺麗なものはない」

「そっ……っあ！　あぁっ…っん…あっあ……」

有無を言わさず、舌で性器を弄ばれる。

卑猥な水音が静かな闇の中に広がる。

「――――っ…ぅ…っあぁっ…だめ…クリス…ぅ…でっでちゃ……め…離しっ…」

どくどくと脈打つモノを強く吸い上げられて、熱い体液が根元から上がってくる。このままではクリスの口を汚してしまうと、奏は上半身を起こして、必死に首を振った。

それでもクリスは奏を離さず、咥えたまま顔を上下させた。

「あ……なっ……っや……ほん…と…だめでるっ……てぇ…や――……」

散々嬲られたモノの先から、奏の欲望が噴き出す。それをクリスに喉を鳴らして飲み下され、羞恥で全身が火照った。

「……っ…あ……ぁ…」

放出の快感で、小さく痙攣を繰り返す下肢を割り、最奥に隠された奏の秘所をクリスは指先でなぞった。

「んっ…んんっ……あっ…」

周りをひと撫でしてから、ひくつく蕾に長い指が差し込まれる。

奏のモノから伝い流れた蜜が、ぐっしょりと蕾を濡らしていたため、指を難無く飲み込んでいく。

「ここが好きでしたね…」

そう囁かれて、最高の官能を呼び起こす場所を引っ掻かれた。

「…っは！　あっ……やぁ…そこだ…め…んぅ…んあっ…っ…あ……」

何度も何度も、執拗に責められる。

奏はクリスに与えられる快楽以外、もう何も考えることができなくなっていた。ひたすら翻弄され、隠しようのない喘ぎが、途切れることなく唇から出てくる。

「い……やっ…やめ…お願い…クリス…もう…」

懇願にようやくクリスは指を抜き、奏の片足を肩に担ぎ上げた。びくびくと跳ねる身体の上に覆い被さって、物欲しげにわななく蕾の入口に自身の猛りを押しつけ、その先端を中へと進めた。

「あ……」

もう何度も繋がっている。だから、体内に侵入してくる熱に期待して、身体が震えてしまう。

狭い肉を強引にこじあけて入ってくる熱の塊に蹂躙され、最奥に証しを刻み込まれる——そんな先の快感を想像してしまい、全身が打ち震えるのだ。

犯される瞬間の心の怯えと身体の悦びに、奏は固く瞳を閉じた。しかしいつまでたっても、クリスは奥まで入ってこない。入口に先を引っ掛けたままで、ゆるゆると腰を揺らしているだけだ。

奏はじれったさに、薄く目を開けた。

楽しそうに奏の反応を見るクリスと目が合い、火照った顔が更に熱を増す。

「う……」

「ふふっ…本当にソウは素直ですね。……待ちきれませんか？」

揶揄するような言葉に、奏はむっと、唇を尖らせた。けれど、クリスの言うことは間違っていない。身も心も、クリスの熱を求めていた。

「…ひど……いよ」

「何がですか？　こんなに優しくしてあげてるのに、何を酷いと言うのですか？」

「…何……っ…て…うぅ……」

「はっきり言わないとわかりませんよ」

クリスは少しだけ腰を動かし、浅いところを擦って意地悪してくる。もどかしい感覚に、奏は首を横に振った。

「あぁ…いやだ………も…う………はや………」

「はや？　何ですか、ちゃんと言ってください。どうしてほしいのか、ちゃんと」

優しい眼差しで見つめながらも、鋭く問い詰めてくる。

奏は真っ赤になった目尻に涙を溜めて、クリスを睨んだ。

「ふぅ…ん。おかしいですね…ソウはいつだって素直なのに、今日はどうしたのですか？」

そう言って、クリスはまた奏の中心へと手を伸ばし、再び起き上がっているモノを手のひらに包み込んだ。

「…あっ」

「ほら、ここもまた勃っています。でも何かが足りない、って言ってる」

「言ってないっ…」

「そうかな」

「ふ…ぅあ……ぁぁっ！」

強く扱かれた反動で、後ろがきゅっと窄まる。

「……っん」

その締めつけに、クリスがくぐもった声を漏らした。

「…ソウの中が反応してる……さぁ、言って。その正直な唇で。どうされたいのか…」

「うぅ…」

クリスの声にも段々と艶が増してくる。互いを求めながら、追い詰め合っているようだ。

しかし、そんなジレンマを愉しむにももう限界がきていた。

「ほし……い……クリスが……欲しい…オレの中に……きて」

甘く吐息しながら求める奏を見下ろし、クリスが愛おしげに微笑む。

敏感な粘膜を押し広げながら、熱い猛りが入り込んでくる。

「あ…っ……あぁ…ぁ…はぁっ…は…」

衝撃に、奏は背中を仰け反らして、荒く息を吐いた。

「ん…ソウ……すごく…いい……」

収斂する中が熱をやんわりと包み込み、その悦楽にクリスの息遣いも激しくなる。奥に辿り着くと、今度は我慢なく突き動かした。

「あぁっ…ふ…あ……っや……はぁ…ん…あぁぁ…ぁ…」

腰を掴まれ、前後に揺さぶられる。激しくなる律動に合わせて、奏の喘ぎも乱れていく。

優雅に匂いたつ薔薇に囲まれて、淫靡で甘美な夢を見ているような、そんな心地になる。

「ソウ、あなたは瑞々しく、甘く香って……どんな薔薇よりも綺麗です」

呟いたクリスが身体を繋げたまま、奏を抱き起こした。

「う…あぁっ！」

膝の上に座らされ、自分の重みのすべてが接合部分にかかる。より深みまで抉られ、苦しい。

「はぁ…っはぁ……」

肩で息をする奏の背中をクリスの優しい手のひらが撫でる。

「もっと…感じて……もっと確実に、僕はあなたを手に入れたい…」

耳孔に熱く囁かれて、頭がくらくらした。

クリスは耳朶に軽く歯をたてて、首筋に舌先を這わせながら、腰を揺らめかした。

「あぁ…あんっ…あ……ん…ぁは……」

どうしようもない歓喜が奏をがんじがらめにする。

ぐっ、と深く穿たれた瞬間に、張り詰めた奏のモノからとろりと透明な蜜が滴った。

「一緒に……」

クリスは吐息混じりに囁いて、奏の中心に指を絡めて扱きながら、深く、深く穿つ。

「あっあ…っ…あぁ………」

急激に背筋を駆け上がってきた劣情に怯えて、奏はクリスの背中に縋りついた。

「あぁ…っ…はっ…ん…あっ……あ…あぁ――」

「ん……ソウ…っ」

最奥を穿たれて、快楽の種が一気に弾けた。

奏の絶頂をクリスも追って、灼熱の迸りを奏の内部へ撒き散らす。

「う…あぁ……クリ…ス…」

「……ソウ」

名前を呼べば、優しい口づけが与えられた。

奏は荒く呼吸を繰り返しながら、霞んだ視界で空を仰いだ。

伝説の中の王子とその恋人が、このエデンで結ばれた夜には、奏がまだ見たことのないオーロラが輝いていたという。けれど今夜、そのオーロラは姿を現してはいない。

それでも、夜空には明るい月と星が輝いている。何千、何万もの星屑（ほしくず）が優しく瞬いて、二人を輝き照らしている。

夢の空間に、身体ごと投げ出されたような、そんな浮遊感。

繋がったままの身体が、心が温かい。心地いい。満たされていく。

奏は切なく吐息してゆっくりと瞳を閉じ、そのまま吸い込まれるように夢の中へと落ちていった。


気づくと、翌朝だった。

先に目覚めたのは奏のほうで、瞼を起こすとクリスの腕の中だった。眠ってしまった自分を、城のベッドまでクリスが運んでくれたのだろう。寝息をたてるクリスの安らかな寝顔に心が幸せに満たされる。

太陽はもう真昼の角度まで昇っていたが、もう少しこのままでいたかった。

エデンでクリスに対する自分の気持ちに気づかされた。

心と身体、両方の元気を失っていた自分のために、クリスは精一杯の誠意を見せてくれた。

カレンとの関係が気になり鬱々(うつうつ)としてしまったのは、この人が好きだという、奏自身、まだ気づけなかった思いが、胸の奥に宿っていたからだろう。

「……いつの間にか…これを気にしなくなっていたな」

奏は腕に輝くブレスレットを見て自嘲気味に笑い、穏やかな音を刻む胸に頬を擦り寄せて、もう一度、瞳を閉じた。


遅い昼食の後、奏とクリスは大きな楡の木が一本立つ小さな丘に来た。そこからは城の全景が見渡せた。

奏は木陰で、一冊の絵本を開いていた。絵本は日本語で書かれてあるもので、奏の膝に頭を預けたクリスに、読んで聞かせている。

「……では、日本では灰を肥料にして昔から花を育てているのですね」

「いや、伝えたいことはそれじゃなくて」

「お年寄りが枯れ木に灰を撒くと……って、ソウが読んだでしょう」

「うーん…きれいな花が咲いたのは、おじいさんが優しい人だったからで…やっぱり国が違うと、そのあたりのニュアンスがうまく伝わらないんだよね」

「違いますよ。ソウの翻訳が下手なんじゃないんですか？」

「あ、何だって！」

クリスが理解できないのを奏が悪いとされ、頬を膨らませて絵本を閉じた。しかしクリスは、仰向けのままで微笑さえ浮かべ、手折ってきた薔薇を弄んでいる。

「もうっ…」

ため息を零してぷいと顔を背けると、ハンチング帽を被った男と目が合った。男は白毛と栗毛の馬二頭の手綱を引いて、丘を上がってきている。白いほうは、クリスの愛馬のマリィである。

「どうかしましたか？」

「あ、えと…マリィともう一頭の馬が…」

身体を起こしたクリスが奏の視線の先を見て、あぁと頷いた。

「あの栗毛の馬、あれはソウの馬ですよ」

「えっ？」

振り返った奏に、クリスは軽く笑んで立ち上がった。膝を払ってから、少し離れた位置で待つ、馬番らしき男を指先で呼ぶ。

男は帽子を脱いで恭しく一礼してから、そばへと寄って来た。

笑顔で応対、とまではいかないが、クリスは奏が今までに見てきた氷のような冷たい顔をしていない。以前なら、近くに使用人がいれば、決して笑顔など見せなかった。しかし、先程のランチの時も、そばで給仕するメイドを気にせず、奏との会話を和やかに楽しんでいた。

　エデンから帰ってきてから、クリスの表情が柔らかくなったような気がするのだ。

　穏やかなクリスの横顔に、奏は安心すると同時に嬉しくなった。

「これはルビィ。マリィの子供です。彼女も母親に似て気が優しい。あなたにプレゼントします」

「……オレ…に？」

　ぱちぱちと瞬きをする奏の背に手を添えて、クリスは馬の傍らへと導いた。

　そして、奏の目の前でルビィの首を撫でてみせる。

「さ、ソウに挨拶しなさい」

　ルビィはクリスの言葉を理解したかのように、奏に鼻を近づけてきた。けれど賢くて美しいクリスの白馬マリィの子供を、乗れもしない自分が貰っていいのだろうか。恐れ多さに、どうしていいかわからず、触れることができない。

「大丈夫。ほら、ルビィももう、自分の主人がソウだって、わかっていますよ」

　奏の考えを見透かしたようにクリスが言う。それに勇気をもらって、奏は微かに震える指先で、ルビィに触れた。

　そ、っと鼻面を撫でると、甘えるように顔を寄せてくる。

「ほんとだ……いい子だね」

手のひらを舐められて、くすぐったさに笑みを零しながら、ルビィの首をぽんぽんと叩いて褒めてやる。

「乗ってみますか？」

言われて、奏は即、頷いた。

マリィに乗ったクリスは、とても美しくて格好よかった。奏は昨夜のクリスの姿を思い出して、彼のようにとはいかないが、自分も馬に乗れたらいいな、と思ったのだ。

「ルビィ、よろしくね」

奏がお願いすると、ルビィは耳を傾けて大きく尾を振った。

まずは騎乗だ。クリスがマリィの背に乗り、手本を見せる。教えどおりに鞍(くら)に手を掛け、いち、に、さんのリズムで騎乗する。

何度か練習して、コツを掴んだ奏は、うまくルビィの背に乗ることができた。

「…あ…やった！」

「うん、上手」

高揚した顔を向けると、クリスが手を叩いて褒めてくれた。

自分一人で馬に乗るなんて初めてだ。興奮した奏は、はずみでルビィの横腹を蹴ってしまった。歩けのサインだと思ったルビィが歩を進めてしまう。

「わぁ…っ！」

「ソウ！」

急に動きだしたルビィに、奏はバランスを崩して、後ろへ倒れかける。そこを、馬番の男が咄嗟に手を差し伸べ、何とか落馬は免れた。

「あ…ありがとう」

奏が安堵して振り向くと、いかにも不機嫌そうなクリスが、男に向かって声をあげた。

「無礼者……早くその手を離しなさい」

奏はクリスがなぜそんなふうに怒るのかが理解できず、驚いて男を庇う。

「だって彼はオレを助けてくれ……」

「あなたは黙っていなさい」

クリスの強い口調に負けてしまい、奏は言い掛けた言葉の続きを飲み込む。

「も、申し訳ございません…」

深々と頭を下げて謝罪する男の肩が震えている。

それを見て、奏は上目遣いにクリスを非難した。

すると、クリスは一瞬眉を寄せて、それから短くため息をつき、男に向かって口を開いた。

「………ソウを助けてくれたことには礼を言います。それに……ルビィを良い馬に育ててくれたこと、感謝します」

クリスは吊り上げた目尻を戻して、そう言い直した。

クリスの言葉に、奏はほっと胸を撫で下ろす。

馬番の男は顔を紅潮させて、今にも涙を流しそうな目で、クリスを仰いでいる。

「…あ、有難いお言葉を……ありがとうございます、ありがとうございます」

胸の前で帽子を握り締め、深々と何度も頭を下げて、男は目をしばたかせた。

酷い態度をとられた以上に、クリスに貰った言葉が嬉しかったのだろう。下がるよう言われて去っていく男の背を眺めて、奏も心が温かくなった。

ふぅ、と息を吐いたクリスが奏の横へ馬を並べ、ルビィの手綱を取った。そして、少し困惑の表情を浮かべながら、小声で呟く。

「今のは………ただの嫉妬です」

「え……？」

奏が目を丸くすると、クリスは手綱を引き寄せて、腕を伸ばしてきた。困ったようにはにかんで、奏の頬に触れる。

「でも、ソウに触れていいのは僕だけなのです。それは変わらない」

そう言って、クリスは胸に差していた薔薇を、奏の髪に飾った。

「あ……」

そんな女性相手にするようなことを、と奏は思ったが、それでも頬は熱くなった。

最初は、手に触れられただけでも、全身が凍りついた。いくらクリスが綺麗でも、相手は男なのだからと戸惑っていた。

なのに今では、そんなふうには感じない。クリスに触れられれば、抱き締めてもらいたくて仕方がなくなる。そんな気持ちをクリスに持っているのだ。

「上手く乗れるようになったら、二人で遠乗りに出掛けましょう。この国の美しい景色を、ソウにもっと見せてあげたい」

耳元で柔らかに告げられ、馬上でクリスに身体をふわりと抱き締められた。

「……………あ」

熱く視線を合わされ、口づけの予感がする。奏が戸惑いながらも、ぎゅっと目を閉じて待つと、吐息が唇を撫で、そのあとすぐに唇が合わせられた。

「ん……」

けれど馬が動いたせいで、口づけは軽く重ねただけで離れてしまう。

顔を見合わせて、思わず二人して吹き出した。

その時、風に乗ってフルートの音色が聞こえてきた。

「あ、あれは……」

奏はどこから聞こえているのかと辺りを見回した。

「あぁ、レニィですね。きっとカレンに頼まれたのでしょう。彼は幼い頃からフルートが得意で、時々ああして、美しい音色を奏でていますね」

そう聞いて、レニィがクリスの公務に同行できずに城にいた時のことを思い出した。彼は奏のためにもフルートを吹いてくれた。

城に戻り軽やかに下馬したクリスは、腕を伸ばして奏を抱き下ろすと、庭のガゼボの前にいたレニィのもとへと連れていった。

「相変わらずの腕前ですね」

クリスが気軽に声を掛けると、レニィはすぐに立ちあがり、軽く微笑んで一礼した。

レニィは、クリスが信頼している一番の側近であり、奏以外に唯一気を許している相手だ。しかし、そのレニィの様子がいつもとは違う。

笑顔の後、何か言いにくそうに唇を歪めて、沈痛な面持ちでクリスを見ているのだ。

「……どうかしましたか？」

クリスが問うと、レニィの後ろのガゼボから、彼ではない声が聞こえた。

「やぁ、クリス。ご機嫌はいかがかな」

声の主が姿を現した途端、クリスの表情が引き締まった。一歩下がり、左胸に手を当てて、頭を下げる。

「…王」

クリスの言葉に奏は驚いて、引き寄せられるようにそちらを見た。

スーツ姿の大柄な体格の男たちに、仰々しく周りを囲まれた、三十代半ばに見える人物がいる。

金糸の刺繍が入った、大きな襟の臙脂色の衣装。ゆったりと首に巻かれたシルクのスカーフは、サファイアの宝石で留められている。

きらびやかな装いとは裏腹に、金のパイプを片手にして、嫌みっぽい笑みを浮かべる恰幅のいい男性。彼がこの国で最高の位を持つ王、なのだろう。

兄だと聞いていたが、クリスとはまったく似ていない。

そんなふうに思いながら、二人の兄弟を見比べていると、訝しげな視線を王に向けられた。はっとして奏も慌てて頭を下げる。

「クリス、顔をあげなさい」

王はすぐに奏から目を離し、護衛を退けて、威圧めいた口調で命じた。

クリスが従うと、王は並んで草を食んでいる丘の上の二頭の馬に視線をやった。

「白いほうはマリィだな。いい馬だ」

「お褒めにあずかり…」

「私が召し上げてやろう」

クリスの言葉を遮り、いかにも高慢な物言いで王が言ったことに、クリスよりも奏のほうが驚いて目を瞠る。幾ら王の勅命だとしても釈然としない。けれどクリスは顔色ひとつ変えずに頭を下げていて、奏はやるせない気持ちになった。

　王はクリスを一瞥し、ふんと鼻を鳴らした。

「ところで……おまえも知ってのとおり、レニィは素晴らしいフルートの演奏家でもある。それゆえ、幼なじみとはいえ、おまえの側近としているだけでは何とも忍びない。そうは思わないか？」

　明らかにクリスを見下げての発言だ。それでも、王に対するクリスの態度は変わらず、ただ黙って聞いている。

　しかし奏は、余りに酷い王の言い方に、いい気がしない。クリスは慕っているようだが敬意を払う気になれなかった。

「カレンがレニィのフルートの音色をいたく気に入っていてな。いつでもカレンの好きな時に聞かせてやろうと、そう思いたったのだ」

　王はわざとらしい咳払いをして口角を上げた。

「だからレニィを、私専用の楽士にしてやった」

　クリスの端整な顔が僅かに歪んだ。王の背後に立つレニィと、一瞬だけ目を合わせて唇を引き結ぶ。レニィもつらそうに目を伏せた。

　けれどすぐにクリスは表情を戻し、傲慢な王の決定を了承した。

　簡単に人を信用せず、最小限の使用人しかそばに置かないクリスにとって、レニィは貴重な人材のはず。愛馬だけでなく、側近までもあっさりと奪われて、僅かに顔色を変えただけだなんて、と奏は驚愕する。

「ときに、おまえの隣の、その少年はどなたかな?」

王の視線が再び奏に向けられる。

返答に窮して(きゅう)クリスを見ると、黙って、と目で制された。

「彼は私の……楽士であり、薔薇職人も兼任しております」

クリスに咄嗟につけられた職業に驚きつつも、奏は慌てて深々と頭を下げた。

幸い、腕のブレスレットは、シャツの袖に隠れていて見えない。

「ふむ、薔薇職人で楽士か…それは珍しい。見受けたところ、東洋の血が流れているようだが、何を奏でるのか……興味をそそられるな」

どう答えればいいのかと奏がうろたえていると、すっと横から長い影が重なった。

王の目から守るように、クリスが立ち塞がったのだ。

「あ……クリ…」

「恐れながら、彼は言葉を勉強中でして……この私に免じて、ご無礼をお許しいただけますよう…」

言いながら、クリスは胸に手をあてて、王に向かってまた頭を下げた。

――クリスがオレを庇ってくれた。

　奏の胸がくらりと切なく揺れた。

「……ふぅん、まぁよい。で、昨夜は森に行ったそうだな。………その者と一緒に、エデンへでも行っていたのか？　ん？」

　答えに少し迷ったクリスの顎を、王は手にしたパイプの先で、くいと上げさせた。それを見て、レニィがクリスを庇うように前へ出る。

「レニィ、おまえは私の使用人となったのだ。なのに私に楯突いてまで、クリスを護るというのか！」

　王の怒号が辺りに響いた直後、王の背後から、不安げに瞳を揺らしたカレンが歩み寄ってきた。長いドレスの肩にショールを掛け、胸に淡いピンクの薔薇の花束を抱えている。

「王……どうなされましたの？」

「おぉ、カレンか。いや…何もない。心配するな」

　カレンの姿を目にした王は表情を一変させる。怒りの表情を消し、柔らかな笑みを唇に浮かべた。

　王がカレンの手を取り、甲に口づけると、彼女は薄く頬を染めて微笑する。

　奏はカレンの気持ちを計るように見る。

　クリスはカレンのことを、王妃として以外は見ていないと、エデンで言った。その言葉は信じている。では、カレンの本心はどうなのか、と考えてしまうのだ。

王との関係は悪くないように見えるが、その内心まではわからない。

不安に駆られて見つめると、カレンがにこりと微笑みを送ってきた。

「えっ…」

彼女の素直な笑顔に、奏は虚をつかれた。以前戸惑いながら探るような視線で奏を眺めてきた彼女が、こんなふうに笑うとは、と意外だったのだ。

「今日のお茶の時間に、王が私のために演奏会を開いてくださるの」

「そうですか。それは楽しみですね」

無邪気にカレンがそう言うと、クリスは涼やかに笑った。カレンは嬉しそうに顔を上げ、王に寄り添った。

若い妃を見下ろす王の瞳は、愛しげに細められている。二人の幸せそうな様子を見ていると、彼女への疑いの念が何であったのかが、奏にはわからなくなってしまう。

「おぉ、そうだ」

良案を思いついたとばかりに、王が突如、手を打ち鳴らした。

「クリスも同席したらどうだ？　そちらの楽士も一緒に演奏することを許そう」

王が奏のことを楽士と呼んだことに、カレンは不思議そうに小首を傾げる。

しかしクリスは、それを気に留めずに頭を下げた。

「大変有り難いお誘いを……しかしながら、本日の彼は、薔薇職人としての仕事でここに来ており、楽器の用意を致しておりませんので……」

「なんだ……まったく、気が利かないな」

「申し訳ございません」

王のクリスへの重なる仕打ちを目の当たりにして、奏は嫌な気持ちになっていた。けれどそれを隠して、クリスの後ろで頭を垂れた。

するとと王は踵を返してつき人や護衛とともに去って行く。だがカレンは王に何かを伝えて、一人でこちらへ戻って来た。

クリスが短くため息を漏らしてから顔を上げるのを確認して、奏も背筋を伸ばす。

「その薔薇はクリスから？」

カレンに聞かれ、奏は自分の髪に薔薇が飾られていたことを思い出した。あっ、と慌てて、薔薇に手をやる。

「あ、取らなくてもいいのよ。だって凄くお似合いですもの」

そう言って、口元に手を当てて笑うカレンは、奏が見てもとても愛くるしい。歳の離れた王からしてみれば、それは可愛くて仕方がないだろう。

「でも見て、私の薔薇も綺麗でしょう？」

胸に抱いた薔薇の花束を見下ろして、嬉しそうに笑う。

「あ…その薔薇は…」

「王が私のために、新しい薔薇を創ってくださったの」

奏は彼女の薔薇を見て、ジョハネの温室で栽培されていたものを思い出した。最初にクリスに会った日、温室で彼が手にしていた薔薇だ。あれは王が妃に贈るための新種の薔薇だったのだ。

「完成したんだ……」

奏が感慨深げに呟くと、カレンはにっこりと笑って頷いた。

「近頃、クリスの表情が少しやわらかくなったのは、あなたのおかげだったのね」

「えっ…」

唐突にそう言われて、奏は見上げるがクリスは無表情のままだ。

「……これでもですか？」

と聞くと、クリスはムッとしたのか、僅かに眉をひそめた。

カレンは奏とクリスを交互に見やり、くすくすと愉快げに笑った。

その様子をみて、奏はカレンもクリスに特別な感情は抱いていないと確信して安堵する。

一気に胸のつかえが取れて、自分でも驚くほどすっきりした。

「あなたが城へ来るまでは、クリスはもっとずっと怖い顔をしていたもの。最初は誰なのかしら、と心配していたけれど、クリスが昔みたいに元気になって安心しました」

カレンに微笑まれ、奏とクリスが顔を見合わせた時。

「カレン」

「あ、はい。すぐに参ります」

王が催促するように彼女を呼んだ。カレンはドレスの裾を持ち上げて挨拶すると、王の後を追って行った。

そばへ戻ったカレンの腰に手をやりながら、王が一瞬クリスを見やる。カレンに向ける優しい目とは違った、何か恨みを抱くような鋭い眼差しに、奏はびくっ、と肩を竦めた。

少し悲しそうな表情をして、クリスは冷たい王の背を見送っている。

クリスと王、兄弟の確執。それは一体、どんなことなのだろうか。王のクリスに対する態度から、それが軽度の問題でないことが知れた。

クリスは一回、長い瞬きをしてから、未だ佇んでいるレニィに声を掛けた。

「レニィ、僕のことはもう気にしないでいい」

「……でも、俺はクリス様の…」

縋るようなレニィの呟きを、クリスは首を横に振って遮る。

「王家に仕えている以上、王の命令は絶対です。それはレニィも重々承知のはず。レニィはいつも僕のためによくしてくれました。本当に…感謝しています」

告げるクリスの笑顔に、奏は切なくなった。

「ほら、早く行かないと。王は遅れを許しませんよ」

クリスの催促に、やっとレニィは頷いた。

「……おそばを離れても、俺の心はいつでもクリス様に従っています」

レニィは胸に手を当て敬意を表すと、王の一行を追った。

立ち去る彼の背中を見つめるクリスの横顔は、やはり少し寂しそうだ。

奏の視線に気づいたクリスが、僅かに睫毛を伏せる。

「……王も昔はあんなふうではなかったのです。変えてしまったのは僕……」

クリスの呟きに、奏は眉を寄せた。

「あ、いえ何でもありません」

首を振って話を止めたクリスの手を、奏はきつく握り締めた。

「ソウ?」

「そうやって、独りで全部を背負い込まないで。悔しいけど……オレなんかがクリスの役にたてるとは思わない。だけど、クリスにとって、少しでも苦しみを解き放てる場所であれば……って、思うんだ」

真っ直ぐ、切実に訴える奏に、クリスはふっ、と表情を緩めた。そして、何かから解放されたように、肩の力を抜く。

「優しいですね、奏は。あなたのその気持ちがあれば、僕は大丈夫。王のあらぬ心配ごとなど…」

「心配？　クリス、王様は何を心配して……あっ」

突然クリスの腕に抱き寄せられ、奏は短く声をあげた。

「ごめんなさい。……僕の問題に、あなたを巻き込むわけにはいかない」

「クリス…」

奏は熱い胸に包まれながら、苦悩に眉を顰めたクリスの顔を見上げた。

「そんな心配そうな顔しないで。ソウだけは僕が必ず守ります」

「あっ…」

強い眼差しに、奏の胸が高鳴った。

「……口づけの続きを」

しなやかな指に顎をとられ、上向かされる。クリスの熱い舌先が奏の唇の形をなぞるようにし、強く唇が押し当てられた。

「……ん」

舌で前歯をノックされ、奏は少し戸惑い気味に唇を開いた。何度されても慣れない。

激しく求めてくる口づけに、奏は初めて自らの舌をそっとクリスに絡めた。


その夜のクリスは、いつもとは少しだけ違っていた。

奏がバスルームから出るや否や、髪を拭う間も与えずにベッドへと押し倒して、まだしっとりと湿った肌をまさぐってきたのだ。

「あ…っはぁ……待…待ってクリス…あっあ…んっ」

強く吸われた胸が、薔薇よりも艶やかに紅く染まる。それを尖らせた舌先で突かれると、奏は快感を素直に曝け出してしまう。

「ソウ…すみません。今夜はなぜか……急いであなたが欲しくて…」

耳元で囁くクリスの声が、もう濡れている。押しつけられた腰が揺らめいていて、早く繋がりたくて仕方がないようだ。

彼がこうして、少しでも早くと望むのなら、応えてあげたいと思う。

「わ…かった……、クリス…いいよ…大丈夫」

奏は横腹を滑るクリスの手を上から握って、視線を合わせた。

「……ほんとに?」

早く欲しいと言いながらも、愛撫を施し、気遣いの言葉を掛けてくれる。だから奏は、笑顔で頷いた。

「うん………きて…」

奏は瞳をゆっくりと閉じて待つ。

開かれた片足が持ち上げられる。

「ソウ……」

「んぅ……っん…っああっ」

情欲を込めた硬い熱の塊に、秘めやかな内部を犯されていくと、甘ったるい悲鳴が喉から上がる。

「クリ…ス……クリス…あ…」

「……ん、ソ……ウ…ふっぅ…」

クリスは一番深いところまで一気に穿ち、征服感にため息を零す。奏の指先、手のひら、手首と口づけを降らせた。

「ソウ…あなただけは……僕をずっと受け入れて…そばで柔らかく包んでいて…」

切なく言葉にするクリスの額が、奏の首筋に擦り寄せられる。そのまま強く腰を使われて、奏はクリスの肩に掴まった。

「ん…クリ……っ…はぁぅ……あっ…」

ひたすら激しく求めてくるクリスに、奏の胸が詰まる。

王がレニィを召し上げた時、クリスは普段とさほど変わらぬ態度をとっていた。しかし、やはり堪えたのだろう。一番信頼していた側近を奪われて、無感情でいられるはずはない。

苦しいほどに強く抱き締めてくるクリスの力に、奏は彼の寂しさを感じ取った。

「……オレは………ここに、クリスのそばにいるよ」

ちゃんとした声にはならなかったが、奏がそう呟くと、クリスは動きを止めて、奏の胸に顔を埋めてくる。

けれど、すぐに顔を上げて、少し淫らな笑みを唇に浮かべた。抱き合う時のいつものクリスだ。

「ええ、ずっと僕のそばにいてください」

奏はほっと安心しながらも、淫猥さに、赤面した顔を隠すように伏せた。

でも。そうしながらも、奏はクリスの背に、しっかりと腕を回した。

春の霧雨(きりさめ)が三日間続いたが、今日は朝からよく晴れていた。

クリスは公務に出掛けている。

昼下がり、奏は乗馬の練習をしようと、厩舎(きゅうしゃ)へ足を向けた。上手く乗れるようになれば、エデンへ一人でも行けるようになるし、クリスが遠乗りに連れて行ってくれるだろう。

奏がまだ知らないこの国の景色を、クリスと二人で眺められる。

想像するだけで嬉しくなって、早く上達したい、と思うのだ。

気温が上がらず、外の空気が冷たいとメイドに言われて、ケープを羽織っていく。薔薇園を横切って厩舎の前まで来ると、奏の姿を見つけたルビィが、首と尾を嬉しそうに振った。

「ルビィ、元気だった？」

優しく顔を撫でてやると、気持ち良さげに目を閉じる。

「可愛いなぁ。こんなおまえをくれたクリスに感謝しなきゃ」

そう言って、奏はきょろきょろと周囲に視線を走らせた。

幾ら何でも、まだ一人では無理だ。練習につき合ってくれないものか、とこの前の馬番を探してみると、少し離れた水汲み場で、彼の姿を見つけた。

「あのっ、すみませ……」

馬番に声を掛けようとした次の瞬間——ガン、という音が耳のすぐそばで聞こえ、続いてすぐに後頭部に鈍痛が走った。

「——え？」

ぐらりと揺れた視界の先に、奏の名を叫びながら、驚いた顔で急いで走り寄ってくる馬番の姿が映る。

その光景を最後に、奏の目の前が真っ暗になった。

カツカツ、という何か硬質な音が遠くから聞こえてくる。

耳障りなその音で、奏は目を覚ました。ズキズキと頭の後ろが痛む。

「う………ん………痛っ…たぁ………え？」

寝転がったまま頭を押さえた奏は目を開けて茫然とした。

ブレスレット以外には何も身に着けていなかった。

どういうことだ、と薄暗い辺りを見渡す。

自分の周りを金色の格子が囲っている。よく見るとそれは大きな鳥籠のようなもので、出入口には重厚な錠前がかけられている。そして、籠の周囲を赤い薔薇が囲っていた。

「こ……これは…」

奏は羞恥と肌寒さに膝を擦り合わせながら、恐る恐る身を起こした。

籠の周辺以外にも薔薇が植えられている。

ガラス張りの天井からは月が見える。温室だろうか。だけど何か違和感がある。

そう奏が感じたその時。

「やっとお目覚めか」

低い声が掛けられ、はっとする。

籠から真っ直ぐに、紅色のカーペットが敷かれていることに気づく。その先を見れば、冷然とした眼差しで奏を見下ろす王と目が合った。

「ミハイル…王……」

一段高い位置に据えられた背もたれの大きな椅子に、王が寝そべるように座っていた。その傍らには背をぴんと張った、大柄で無表情な男がつき従っている。

王は暇を持て余すかのように、肘掛けをパイプで叩いている。耳障りな音はこれだったのだ。

一体どういうことなのかと、奏は青褪めながら王に瞳を向ける。

「おまえは私が飼ってやることにした」

「……え？」

王の言葉に、奏は耳を疑った。

「さぁ、奏でてみろ」

いきなりそう命令され、意味がわからずに顔が強張る。

黙ったままの奏に、王は苛立つように舌打ちした。

「そのブレスレット…己の大切な特別な者に渡す、ヴィスタフ家の家宝だ。それを着けているとは……余程、クリスの気に入りと見える。さぞかし才のある楽士なのだろう。それならば楽器がなくとも、歌くらい歌えるだろう？　…さぁ、私を満足させるんだ」

「あ……あの…オ、オレは…」

「口答えするつもりか！」

楽士というのは嘘だと明かすわけにもいかず吃った奏に向かって、王はいきなりパイプを投げつけた。奏は咄嗟に顔を背けたが、それは籠の格子に当たって、高い音をたて、床へぽとりと落ちた。

「くそっ、レニィといい、おまえといい、どいつもこいつも、私に逆らいおって！」

立ち上がった王は大袈裟に腕を広げ、大声で叫んだ。

「わざわざおまえのために金の鳥籠を誂えてやったのだぞ？　薔薇職人でもあるおまえに、花も添えてやった。なのに何が気に入らない！　私はこの国の王なのだ。あやつにできぬことでも私にはできるし、私が気に入れば何でも与えてやれるのだぞ！」

血走った瞳を見開いて、全身をわなわなと震わせている。

奏は王の狂気に恐怖を抱いた。

「おまえはなぁ……」

震える指先で奏を差しながら、王がふらふらと近づいてくる。奏は後退り、冷たい籠に背中をつけて小刻みに首を左右に振る。

「おまえも私のものだ。クリスのものなど、この城には何ひとつない…………歌わぬか……なぜ歌わぬ？　私が命令しているのになぜ！」

王は何かに取り憑かれたように呟いている。

「私の命令に従わぬのなら、罰を与えねばな……水だ！　水を汲んでこい！」

使用人にそう叫んで桶を持ってこさせ、王は籠の外から奏に水を浴びせかけた。

「…ぅあ…っ！」

頭から水を被せられ、奏の全身がぐっしょりと濡れる。冷えきった肌に、冷水が矢のように突き刺さる。

「…どう…してクリス……を……そんな…」

奏はかたかたと震える身体を自分の両手で抱き締めた。

自分の身の上に何が起こっているのか、理解が追いつかない。でも、王がクリスを目の敵にしていることだけはわかる。

クリスが王に忠誠を誓っていることを、奏は彼の口から聞いて知っている。なのになぜ、そんなクリスを王は疑い続け、恨むような発言をするのか。

奏は王に問いたかったが、舌が凍えてうまく呂律が回らない。

「なんだ、寒いのか？　我が儘なやつだな」

水滴を髪から床へぽとぽとと滴らせる奏を見て、片眉を上げる。そうして、意味ありげに、にやと笑うと、今度は燭台を持ってくるよう命じた。

使用人がそれを手渡すと、王は護衛まで退出させた。

一体何をする気なのか、と奏は王が持つ燭台を怯えながら見る。

しん、となった温室で、王は奏に向き直った。

「寒いのだろう？　ならば……この火で、温まればいい」

「……なっ」

揺らめく炎を籠の周りの薔薇に近づけ、王は口角を上げる。

「怖いか？　……ふふふ…そうだな、おまえまで燃えてしまうかもしれないのだからな」

王は楽しげに燭台を揺らして見せる。

そうして奏の顔を見ながら、薔薇に火を移した。

美しい花弁が見る間に形を崩し、黒ずんでいく。

「……燃えればいい……おまえも……エデンの薔薇のようにな」

「……え…？」

奏は王の言葉に、大きく目を見開いた。

「我がヴィスタフ王家の神聖なる禁断のエデン……あの場所は本来、代々の王が受け継ぐものなのだ。それなのに亡き父は私にではなく……身分の低い第三妃が産んだ…あのクリスなんかに……。それならば、あんな場所など燃えてしまえばいい。そうは思わないか？」

「……エデンを……燃やし…た？」

「クリスに加担する愚かな者よ。さぁ、おまえも消えてなくなれ！」

「やっ……め…」

王の本気を感じて、奏は震える唇を必死の思いで大きく開いた。

「ク…クリス……クリス――！」

「うっ、うるさいっ！　あいつの名など呼ぶな！　私は聞きたくな……」

喚く王の声を打ち消すように、その時、荒っぽく温室の扉を開く音が響いた。

振り返った王の背後に、息急き切ったクリスが立っている。公務から戻ったばかりの様子で、長いマントをつけたままの軍服姿だ。

護衛の制止の声を、きつい眼差しで黙らせる。

「あ……ク、クリス！」

彼の姿を目にした途端に、自然と涙が込み上げてくる。

全裸でびしょ濡れになっている奏を見て、クリスの瞳が険しさを増した。いつもは涼やかな瞳が、青い炎となって燃えているようだ。

「ソウに…何てことを……」

「な、なぜ、ここだと…？」

「厩舎にソウのケープが落ちていました。こちらから何も聞かずとも…僕の顔を見ると、馬番はすぐに事の次第を教えてくれましたよ」

「な、なんだと？　馬番までもが謀反者か！　よ、寄るなクリス！　こいつをがどうなってもいいのか！」

　突然のクリスの登場に、王の額から一気に汗が噴き出た。

「……兄さん、あなたはどうしてそうなのですか？　僕は昔からあなたのことを慕っているのに……なぜ僕を恐れる？」

「お、おおお恐れるだと？　なぜ私がおまえなどを恐れなければならないんだ！　王であるこの私がなぜっ！」

「僕は今までに一度として、兄さんに反抗したことがありますか？　口答えをしたことがありますか？」

「く、来るな！」

　燭台を差し向けて牽制しようとするが、クリスは歩みを止めない。静かに歩を進めてくるクリスの気迫に、王の足が大きく震えているのが見て取れる。

「軍隊での勲章の数？　剣の腕前？　皆が羨んでいるというこの容姿？　それとも僕への周囲の期待……ですか？」

「う、うわぁぁ…」

　一気に距離を詰められ、王は大きく後退った拍子によろめき、尻もちをつく。その手から燭台が落ちてカシャンと音を立てた。クリスから逃げようと、あたふたと床を這っている。その姿を、クリスは悲しげに見下ろした。

「……どうすれば、あなたは人の噂よりも僕自身を信じてくれるのですか。僕があなたに真の忠誠を誓っているということを、どうすればわかってくれるのですか…」

「うるさい！　カ、カレンばかりか、王位を狙うおまえなど…！」

「カレンまで疑うのですか…彼女が哀れだ。…それに僕は王位などいらない」

「嘘をつくな！　カレンを手玉にとって…簒奪するつもりだろうが！」

クリスを謀反の首謀者と信じる王には、本人が何を言っても埒があかない。

クリスは瞳を伏せて、深く吐息した。

「それならば…勝手にそう思っていればいい。でも……ソウに手を出すことだけは許さない」

再び王に向けたクリスの瞳は、今にも獲物に飛びかかろうとしている猛禽類（もうきんるい）のように強い光を放っていた。

奏はふと、何かが焼けるような臭いに気づいた。クリスに釘づけになっていた眼差しを足元へとやり、息を呑む。火が敷かれていた絨毯に燃え移っていたのだ。

瑞々しい薔薇の花が勢いづく炎に負け、瞬く間に火が大きくなっていく。それを目にしたクリスが、急いで奏を籠から救いだそうとする。

「ソウ！　火からできるだけ離れて！」

しかし、出入口には頑丈な鍵が掛けられている。人の押し引きの力ではびくともしない。

間にも、炎が近づいてくる。

手のひらを開いて差し伸べるが、王は首を横に振り鍵を渡そうとしない。そうしている
「鍵を！　早く鍵を！」

火の粉が裸のソウに飛び散るのを見て、クリスは王に向き直った。

「あ…っつ…」


「く……」

クリスは顔を歪めた。そして、剣に手を掛けると、それを腰からスラリと引き抜いた。

「ク、クリスめ、ついに化けの皮が剥がれおったか！　私を殺す気だな！　おいっ、だ、誰か…！」

王の叫び声に、温室へ入ってきた護衛が火に驚き、クリスを見て慌てて走り寄ってくる。

「案ずるな！　王に危害を加えるつもりは毛頭ない！」

高らかなクリスの発言は、護衛の足を鈍らせた。

クリスは剣の刃を自身の瞳の前へと掲げる。

「え……？　クリ……」

「僕の両の瞳で、どうか……鍵と引き換えにしてください」

「や…やめて……クリス！　そんなの、そんなのだめだ――！」

奏は格子を両手で握り締め、声が掠れるほどに叫んだ。

王はただ、クリスを愕然と見上げている。

「あなたを護るためなら、こんな目のひとつやふたつ…」

「やめて――――――！」

その時、甲高い叫び声が辺りに響いた。

扉を開けて飛び込んで来たカレンが、王の下へと駆け寄って泣き崩れる。

「やめ…て……もうやめ…」

「カ……レン…？」

「クリスを責めるのはもうやめてください……すべてが誤解なのです。ここへ来たばかりの頃の私はまだ幼すぎて、クリスに色々と教えてもらっていただけです。…王のお好きな音楽や…色や…花や……王に気に入っていただけるよう、私は、私は……」

カレンは王の手を取った。

「幼い頃に父を亡くし、兄弟姉妹のいない私に、王はとてもよくしてくださいました。父のような包容力に、兄のような優しさ……私はちゃんと覚えていますし、私のために薔薇を創ってくださったり、音楽を楽しませてくださったり……王が慈しみの心を失われたとは、私は決して思ってはいません」

カレンは王の手をそっ、と自分のお腹へとあてがった。

「私の王への愛を疑われるのは、私の至らなさゆえと耐えてきましたが、もうこれ以上見て見ぬ振りをすることはできません。…ここには…王と私の愛の証しが……幼い命が生きているのですよ」

　そう王に告白したカレンの瞳は、涙の奥に力強い母の光を宿している。

「だから…昔の王に戻ってください。私は……王を愛しています」

　涙を拭いながら、カレンはにっこりと笑ってみせる。王は信じられないというように目を大きく見開いた。

「カレン…お前を疑っていたわけでは…いや、おまえまで疑って…すまなかった。許してくれ…すまな…い。愛して…いるよ…」

　カレンを抱き締めて、王は頬を擦り寄せた。

「…兄さん」

　二人のやりとりを見守っていたクリスの呼びかけに王が振り返る。

「ソウが楽士だというのは嘘です。…そう嘘をついたのは、ソウとの仲を裂かれたくなかった一心でした。彼は近い将来僕の妃に迎えるつもりでいる最愛の人です。ですので、僕は子を儲けるつもりはなく、周囲が何をどう言ったところで王位に就くことはできません。だからどうか…僕が初めて心から望んだかけがえのない人を奪わないでください…」

　真剣な表情で切願（せつがん）するクリスと奏を見遣って、王がやるせなさそうに首を振った。

「…そうだったのか。私は対立を煽る輩の声ばかり気にして、誤解していたのか…」

「これからも僕の兄さ…王への忠誠心は変わりません」

クリスが左胸に手をあてて、頭を下げる。

王はカレンを愛しげに胸に抱いたまま顔を上げ、懐から籠の鍵を取り出した。

クリスはそれを受け取ると、火を払いながら鍵を開け、すぐに中へと入ってきた。

「ソウ！　大丈夫ですか？」

「クリス…」

心配げに顔を覗き込んでくるクリスの腕の中に、奏は飛び込んだ。

「ごめんなさい。怖い思いをさせてしまいましたね、ごめんなさい」

優しい手のひらが、あやすように震える背中を撫で、苦しげな声が耳元に謝罪を繰り返す。

そうじゃない。奏は必死で首を左右に振った。

いつも気高く、凛々しく、端然としたクリスが、王に対してここまで昂然(こうぜん)たる態度をとり、激情を露(あらわ)にした。カレンが止めに入らなければ、クリスは自分のために、惜し気もなく光を犠牲にしていただろう。そうなっていたら、と震えが止まらないのだ。

しがみついてくる奏の身体を抱き上げ、クリスは籠の外へと出る。

「あ……」

奏は焼け落ちていく薔薇を見て、王の言葉を思い出した。

「クリス……エデンが……」


漆黒の闇を切り裂くように、白い馬体が駆け抜けていく。

王がエデンに火を放ったことを伝えても、クリスは奏の身体を案じて、部屋へ運ぼうとした。それを拒んで、奏は今すぐに、エデンへ連れて行ってくれるよう、クリスに懇願したのだ。

マントに包んだ奏の身体をしっかりと抱きながら、クリスは手綱を操る。エデンがある森から、煙がもうもうとたなびいていて、遠目からでも燃えているのがわかる。

火の気を感じたマリィが、嫌がって嘶（いなな）いた。エデンの入口で馬を降り、湖に出た瞬間、奏とクリスは目の前の光景に同時に息を飲んだ。

油でも撒いたのか未だ赤い炎がエデンを包み、一面の薔薇を灰へと変えていた。

「……あ…燃えて…る……クリスのエデンが……薔薇…が…」

残酷な景色を映した視界が霞む。

「ソウ？」

やけに息苦しくて頭がぼうっとしてくる。体温が酷く上がっているのが自分でもわかる。

頭から水を被らされ冷えた所に、精神的なショックが重なり、発熱を引き起こしたようだった。

「…っ、僕としたことが………マリィ、頼みますよ」

奏の異常を察したクリスはぎゅっ、と奏を抱き締めると、馬で駆けてきた道を、また急いで城へと引き返した。

どのくらい眠っていたのだろうか。ひやりとしたものが額に触れ、奏は覚醒した。

「ソウ！　大丈夫ですか？　僕がわかりますか？」

「……うん。わかるよ…って、クリス……大袈裟だよ……」

目を開けてすぐに見えたのがクリスの顔で、奏はほっと安心した。クリスの大袈裟な呼びかけに苦笑する元気もある。

「熱…下がりましたね。よかった……」

クリスは取り替えたばかりのタオルを奏の額からどけて、コツと自分の額を合わせた。

「あ…オレ……やっぱり熱出しちゃったんだ？　……ごめんなさい。クリスに迷惑かけたね…」

「いいえ。ソウが無事なら、それでいいのです」

クリスは額に軽く口づけした。それから、乾燥してしまっている奏の唇を含んで吸い、しっとりと湿らせていく。

「ん……」

クリスの唇が温かくて気持ちがいい。奏はおとなしくされるままにしていた。長く合わされた唇がちゅ、と音をたてて離れるのを恋しげに目で追うと、瞼に口づけを落とされた。

「…オレ、どのくらい寝てたの？」

「丸一日ほどですよ。このまま熱が下がらなければ、医者を呼ぼうと考えていましたが……ほんとによかった」

奏はふと、テーブル横の椅子へと視線を移した。背もたれに、無造作にブランケットが掛けられているのを見つける。

「……クリスが、ずっとそばにいてくれたの？」

まさかと思って聞くと、ええ、と穏やかな返答がある。

「だって、できることなら、ソウの身体を他人に見せたくはないですから」

「そっ、そんなこと言って、じゃ、もしオレが重病だったらどうするんだよ」

「んー……それなら僕が医師免許を取るまでです」

「な…に……それ。信じらんない……」

どこまで本気なのだろうか。

真顔で言うクリスに、奏は呆気にとられながらも、おかしくなって笑ってしまう。

手を伸ばすと、ゆっくりと抱き起こし、優しく背中を摩ってくれる。

その顔に似合わぬ包容力に奏は安心してほっと息をついた。

最初は冷たいと思っていたこのアイスブルーの瞳が、大きな空のように感じられる。今ではもう、なくてはならない青空であり、大切な光だ。

しかし、こんなクリスの優しい笑顔も、澄んだ瞳も、知らない人が殆どなのだろう。自分以外の前では、いつだって氷の仮面を被っていた。

自分との未来について考えていると、クリスははっきりと明言してくれた。

それならば、奏も疑問にきちんと向き合うべきだと思った。

「ねえ、クリス…」

「はい？」

「ライブラリーでオレの歳を知った時、クリスはオレのことをもっと知りたいって言ったよね？　オレはクリスといて、ありのままを見せてきたつもりだよ。だから……」

言葉の続きを待つように、クリスが首を傾げる。

「オレもクリスのことをちゃんと知りたい。クリスはちゃんと話せるのに…笑えるのに…。どうして、人を寄せつけないの？　どうして自分から人を避けるの？」

真っすぐに見つめて問い質すと、アイスブルーの瞳が僅かに見開かれ、戸惑うように横へと流れた。けれどその数秒後、クリスは困ったように吐息して瞼を伏せた。

　奏に向き直って、両手を手のひらで包み話し始める。

「王も昔はあんなふうでなかった…と、以前話したことを覚えていますか？」

　そう聞くクリスに奏は、王に初めて会った時のことを思い出し、首を縦に振った。

「僕の母は没落した貴族の家の娘でしたが、父は政略的に婚姻した兄の母である正妃より母を愛し、そして僕を慈しんでくれました。けれど……僕が七歳の時に母が亡くなり、それと時を同じくして、王は病床に臥せってしまいました」

「……うん」

「身分の低い側妃が産んだ王子の未来は、唯一の後ろ盾である王の命にかかっていました。万一、王が亡くなるようなことにでもなれば、僕は安住の場を失います……」

　まるで中世ヨーロッパの歴史を聞かされているようで、奏は頷くことしかできない。

「けれど兄が……周りから守ってくれたのです。歳の離れた腹違いの弟である僕を、心から可愛がってくれました。穏やかで優しくて……そんな兄に僕は、幼いながらも忠誠を誓ったのです」

　クリスは当時を懐古（かいこ）するように微笑んだ。

　王が変わってしまったということは、カレンも言っていた。けれど、今の王しか知らない奏は、想像もつかない。

「兄の役に立ちたいと、僕は学業にも武芸にも精を出しました……しかし、それが仇となってしまった。兄よりもそんな僕のほうが跡取りに相応しい、と周りがそう囁きだしたからです」

クリスが言葉にせずとも、それだけではないと奏は思った。クリスの容姿も、周囲の目を必要以上に惹きつける要因ではなかったのだろうか。

奏が初めてクリスに会った時、天使が空から舞い降りたのかと思った。それが、少年の頃となれば、なおさらだろう。いくら血筋がよくても、穏やかなだけの兄より、才色兼備な弟を次の王に、と考える輩が出てきてもおかしくはない。

けれど、肝心のクリスには、まったくその欲はなかったという。

「前王が亡くなった時、そんな噂話が耳に入ったのでしょう。それから兄は別人のようになりました。皆が僕を甘やかし、媚び諂うのを目にし、王座を追われると疑心暗鬼に陥って、僕を目の敵にしたのです」

「だから……クリスのものを何でも奪って…」

「ええ。カレンも…そうでした。小さい頃から仲のよかった僕とカレンの間柄を誤解した兄は、彼女を愛するあまり、カレンが僕に相談ごとを持ちかけることでさえ、厭うようになってしまいました。ですから僕は……兄を追い詰めたくなくて、限られた者以外との接触を断ったのです」

「……そうだったんだ…」

だからクリスは、周りの人間に対して、冷ややかな態度をとっていたのだ。

人と距離を置くことで、王の心配を取り除こうとしていたのだろう。

人の気持ちは、ちょっとした揺らぎでひびが入ってしまう。何て儚(はかな)いものなんだ、と奏はしみじみ感じた。

だが今回のことで王はクリスの本心を知った。

今後、二人の関係が少しでも修復されるといいなと思う。

「でも……僕はソウに出会ってしまった」

「…えっ？」

落ち着いたやわらかな声に、俯けていた顔を上げる。

「ソウだけは違った。ジョハネの庭で見たあなたの笑顔は、とても素直なものでした。それに……」

クリスはくす、と笑う。

奏は何を笑われたのかわからなくて、むっと眉を寄せて唇を尖らせる。

「ほら、それですよ…」

いつだって感情を素直に表す、そんな奏に安心するとクリスは愛しげに見下ろしてきた。

少し膨れた頬を手のひらで包み、顔を寄せる。

「……う…」

至近距離で瞳の奥を覗き込まれて、奏は頬を赤らめた。

「僕はいきなり叱られましたからね」

「あ、あれは、だって……」

責めるような口調ながら、瞳は笑っている。明らかに奏の反応を楽しんでいる。その視線があまりに熱くて、たまらず奏は瞳を逸らした。

「大切な薔薇を勝手に触ってるから……けど、クリスが王子だって知ってたら、オレだって怒ったかどうかわからないし…。…と言うか、オレからすれば、いきなり求婚してくるような人のほうがよっぽど…」

もそもそと呟くと、クリスはいいえ、と首を左右に振った。

「あなたの瞳には邪念がない。僕を王子だと知ってからも、それは変わっていない。見返りを求めず、媚びることもなく、いつも素直な表情を見せてくれました。だから僕は、あなたをそばに置こうと決めたのです…」

クリスは赤く染まった奏の顔を暫く眺めると、頬からそっと手を離し、切なげに笑った。

「…クリス?」

どうしたのか、と心配して、奏がクリスの顔を覗き込む。

「……でも、その僕のエゴが、あなたに怖い思いをさせた…」

「え……」

確かに、あんな目に遭うとは思わなかった。裸にされ、鳥籠に捕らわれて、火をかけられ、恐ろしかった。

だけど、クリスが経験してきた今までのことを考えれば、何てことはない。怖い思いをしたのは一瞬だ。それにあの時は、剣を瞳に向けたクリスを見て、自分の恐怖心など吹き飛んでしまっていた。

たくさんのものを奪われ、失ってきたクリスに対し、自分は何もなくしてはいない。それればかりか、クリスという宝物のような存在ができた。

そこまで考えて、奏はある重大なことを思い出した。

「あ……エデンが…」

亡き前王からクリスが譲り受けた禁断のエデン。クリスが父の形見として唯一守っていた大切な聖域。

「クリスの大切な場所が…エデンが……真紅の薔薇が……オレのせいで…」

気を失う前に見た、燃える一面の薔薇。あの美しいエデンは焼失してしまったのだろうか。

「……あなたのせいなんかじゃない」

クリスは震える奏の身体を優しく抱き締め、安心させるように背中を軽く叩く。

「ソウ、真紅の薔薇はね……エデンに咲いていたのでも、キングス・ローズとエデンの薔薇を交配させて創ったものでもないのですよ」

「……えっ？」

驚きに目を見開く奏の耳に、クリスは軽く唇を押し当てて頷いてみせる。

「見せてあげます…」

クリスは立ち上がると、窓辺に飾られた一輪のキングス・ローズを手にした。

「薔薇の伝説の最終章……ヴィクトリアの死を悲しんだ王子が、エデンに咲く…彼女の愛したキングス・ローズを泣いて抱き締め……」

クリスは静かに語りながら、疑問の眼差しを投げる奏の前で、自らの指を薔薇の刺で傷つけた。

「なっ…！」

赤い滴が床に落ちる。が、クリスは何事もなかったように、その滴を、真珠色の花弁へと垂らした。

「刺で傷ついた王子の血で赤く染まったのが…………真紅の薔薇です」

白いキングス・ローズが、クリスの流した血で赤く染まる。

目の前に差し出されたその花が、奏が探していた真紅の薔薇だというのだ。

真実を知った奏は、愕然として言葉を失った。

「……黙っていてごめんなさい。でも、本当のことを話してしまえば、興味を失って城から逃げることばかりを考えたでしょう？　それならば、誤解させたままでいようと思ったのです。だから…本当なら、明かしたくはなかった。でも、エデンを失ったからには、もう隠しておくわけにはいきません。ソウはエデンで真紅の薔薇を探していたのですから…」

いつになく弱々しい、クリスのすまなさそうな顔を見て、奏の胸はぎゅ、と締めつけられた。他人を信用せず、何にも執着しない、と口にしていたクリスが、真実を偽ってまで、自分を城へ留めておこうとしていたのだ。

それほどまでに求められていたのか、と思えば、胸が痛く、目頭が熱くなる。奏はパジャマの上から自身の胸を押さえ、何度か深呼吸して気持ちを落ち着かせた。

「……そんなこと…」

クリスが顔を上げる。奏はベッドから起き上がって、不安げに見つめるクリスの前へと歩み寄った。

「え……？」

クリスの手から薔薇を奪い投げ捨てる。

薔薇の行方を目で追うクリスの胸に、奏はしがみついた。

驚いたクリスが奏の顔を起こそうとする。それを嫌うように首を振って、奏はクリスの胸に顔を埋めた。

「…クリスともあろう人が、そんなくだらないことしなくても……オレの気持ちはとっくに……」

そこまで何とか言葉にしても、それからが続かない。

クリスへの想いは自身で認めている。

だけど、その気持ちを素直に言葉で表現するには、勇気がもう少し必要だった。

「ソウ…」

顔をクリスに優しく上向かされる。

「う……」

知らぬ間に溜まっていた、涙がぽろりと頬に零れ落ちた。

クリスはその滴を優しく唇で掬い取り、そのまま奏の唇を塞いだ。

「…んっ」

包み込むような口づけに、奏の唇から甘い吐息が漏れる。今度は、その吐息ごと奪うように、クリスは濃密に唇を重ねた。甘く溶けるようなキスに、奏の全身が弛緩していく。

クリスは細い身体をしっかりと腕に抱き込むと、そっと唇を離して視線を合わせた。

「…ソウの想いが、僕と同じなら嬉しい」

真剣な眼差しで真っ正面から見据えられる。思考さえクリスの透明な空の色に混じりそうな心地になりながら、奏は呟いた。

「僕とソウの出会いを…伝説のような悲恋で終わらせたくはない。あなたを見て、僕は初めて本当の欲求というものを知ったと、伝えましたね。僕はあなたが欲しい。あなただけ、そばにいてくれたらそれでいい。僕はソウを……愛しています」

「あ……」

愛している——たったひとつの言葉が、魔力を発する。

城に囲い、自分の花嫁だと決めつけ、毎夜抱いておきながら、クリスの口から聞いたことのなかった言葉。

奏の胸が甘く痺れた。

いつからか、自分はクリスのこの言葉を欲していたのだとわかった。

「クリス…」

名前を呼ぶと、

と、もう一度囁かれる。

「愛してます」

奏は大きく何度も頷いてみせた。

「オレ…っ、オレね……クリスを…っう…っく」

胸の高鳴りが涙に姿を変え、奏の言葉を邪魔する。

「同じ…想い…？」

必死に肩を喘がせていると、クリスに背中を掻き抱かれ再び口づけられる。

「大好き…ソウ…大好き………僕だけのものです」

「クリ…ス…ん…っ…は……ぁっ…」

互いの吐息が甘く絡みあう。クリスはソウの身体を抱き上げて、ベッドへと押し倒した。

頬を擦り寄せられ、クリスの前髪が、額をくすぐり奏は小さく声をあげた。

伸し掛かってくる身体が、いつもに増して優しい。探るように肌に触れてくる指先も、どこか頼りなげだ。

不安を感じてクリスを見上げると、前髪を梳かれ、額を合わせられた。

「……あ」

そのクリスの仕草で、熱を出した自分の身体を、彼が気遣っているのだと奏は気づいた。

熱は下がったし、どこも苦しいところはない。

「クリス、オレならもう大丈夫だから…」

だからもう、心配はいらないのに。それでもクリスは慎重に身体の状態を探ってくる。

額から首筋、衣服をはだけさせて脇を、そして腿のつけ根、体温を敏感に感じられる箇所に順に触れる。

そんな手の動きに恥ずかしいくらいに身悶えてしまう。

「ク…リス…も……っん…」

「大丈夫みたいですね」

「う…ん……平気だっ…てば」

縋るような瞳を向ければ、クリスは満足そうに微笑んだ。

「……抱きますよ」

「……あ…」

今まで、散々、自由にしておきながら、今更何を、と頭では思う。けれど、今からされることをはっきりと声にされると、身体の奥の奥がじん、と熱くなった。

勝手に身体がクリスの愛撫を思い出し、触れられてもいない場所が濡れていく。クリスの優しい気遣いは嬉しい。でも、いつものように強引に、少し狡いくらいに、思いっきり抱いてほしかった。

奏はクリスの背に腕を回した。

クリスは奏の白い胸の上に色素の薄い小さな果実を見つけると、それを舌先でつつく。

「…っ……うん…っは…あぁ…ん…」

待ち侘びた官能に奏の果実はすぐに膨らんで、もっともっとと愛撫をせがむ。

それにクリスは応えてくれる。舌で転がし、強く吸ってはぐちっと押し潰される。

真っ赤に充血した果実が一層硬く勃ち上がると、クリスは満足げに唇を離し、爪先で弾いた。

「あぁっ…」

鮮やかな快感が波紋のように全身に伝わっていく。

大きく仰け反った身体をしなやかな腕で搦めとられ、押さえつけられた。クリスは奏の下半身へと視線を下げた。すでに硬くなり始めているモノを、パジャマの上から指先でそっと撫でてくる。

「……ふ…ぅ…はぁ…ぁ」

切なく声をあげると、パジャマごと下着を下ろされ剥き出しにされる。

「っあぁ…ん…あ……っ…ふ…あああっ！」

手のひらに包まれ、先端を熱い口内に含まれた途端に、奏は自分でも驚くような嬌声をあげてしまった。

「…っふ……なんて声ですか………そんな声を出されたら…僕がもたなくなりますよ」

「……う」

前髪を掻き上げるクリスに困ったように言われ、奏の頬が熱く火照る。

「ただでさえ…ソウに触れているだけで、僕はたまらないのに…」

「……あ…っ」

クリスは根元まですっぽりと咥え込むと舌で締めつけ、唇で扱く。深く浅く、時に強く先端を吸い上げられる。巧みな愛撫によって、奏は高みへと押し上げられていく。

「あっ…だめ……も…っ……あぁっ…」

一際高く鳴いて、奏は達してしまった。

クリスは先から迸る奏の白い体液を愛おしげに舐めとり、薄い草叢の奥へと指を潜り込ませた。

「…あぁっ！」

表面の皮膚を指の腹で擦られると蕾は小さく口を開け、クリスの指に吸いついた。くぷっ、と指先を飲み込んでしまう。

「……んあっ…あ………や…」

「凄い…もう反応して…わかってるんですね…奏のここは」

くいくいと愉しそうに指先を出し入れされ、奏の腰が自然と浮く。その直後、自分の股間がすぐ目の前にくるほどに深く身体を折られ、奏は羞恥で耳まで真っ赤にした。

「ちょ…や……だ…こんな格…好……っん…」

クリスの愛撫にしとどに蜜を流す自身のモノが目に入り、羞恥に身体を捻って逃れようとする。けれど、クリスにしっかりと押さえ込まれていて、身動きすら叶わない。

「大丈夫…だってソウはどこも綺麗だから…」

クリスは奏の蕾に舌を這わせ、ゆっくりと差し入れた。

「あ？　っああ…」

熱い舌が生き物のように蠢いて、敏感な襞を濡らしていく。容赦なく中を掻き乱される感覚に、奏の腰がびくんびくんと跳ねた。

欲望の滴が、とめどなく腹の上に滴り落ちる。

どうしようもない悦楽が身体を支配して、じわりと甘く腰を痺れさせる。

「あっ…ぁあああ……クリス…クリ……はっ…あぁん…あぅ…」

舌で苛められた蕾はとろとろに溶けている。それを指先で確認し、クリスは身体を起こした。奏の上半身に残っているパジャマを脱がせると、クリスも衣服を脱いで同じ姿になった。そしてそのまま覆い被さってくる。

「今夜が僕とソウの……本当の初夜ですね」

甘やかに囁いて、唇を塞がれる。すぐに忍んできた舌に夢中になる前に、腰を深く突き入れられた。

「あっ……っん！　……っふぅぅ…っ…っあぁぁ…」

舌を捕らえられ、身体の深みを穿たれる。

体内いっぱいにクリスを感じさせられ、痙攣に似た小刻みな震えが全身に走った。

「ソウ…もっと……もっとあなたを感じたい」

そう言って、クリスは奏の背に腕を回し、肌を密着させると、激しく腰を使い出した。

最奥に押し込み、離れそうになるまで引く。大きな律動を繰り返して、余すところなく奏を貪っていく。

「あぁっ…あっ……ぅあんっ…あ…あ…っ」

奏は身体が弾むたびに、白い喉を仰け反らして、艶っぽく喘いだ。その喉に甘い牙をたて、クリスは更に奏を追い詰める。

「もっと…聞かせて…ソウ……あなたの声を…」

クリスは喉元の白い皮膚に吸いついて、浮き上がった静脈を舌先で辿っていく。そして激しく上下する胸の赤い果実を口に含んで転がした。

「はぁ…っ…そ…ん…っな……全部…だ…め……」

快感を示すところを全て攻略される。逃げようのない大波に攫われ、どこまでも沖へと流されていくようだ。

「…いい……っ……ソウ…たまらない」

「……ぅう…っふ…ぁ」

幾度となく身体を合わせた相手。なのになぜか、まるで初めての交わりのように奏は感じていた。

それは、すべての誤解が解け、障害を打ち破り、互いに愛し合う心が重なった、本当の初夜だから。

男なのに王子の花嫁になるなど、考えもしないことだった。
だけどもう、完全に降伏だ。
心から求め合い、一緒に昂って、同時に果てる。
クリスの熱に身体の奥を焼かれて、奏は甘い感情をため息に変えた。
胸を荒く上下させながら、微笑み合う。
「ソウ、僕はあなたを離さない。ソウは僕の花嫁であり……天使です」

「んー…確かこの辺りにはアンジェラ……で、こっちにブルームーンが咲いてたよな」

一度だけ見た景色を、懸命に脳裏に思い浮かべながら種を蒔く。

火を放たれた禁断のエデン。

悲しいことに、薔薇は殆どが燃え尽きてしまっていた。

ここはクリスの聖域だ。そして、クリスの本当の優しさを知った、奏にとっても大切な場所である。だから、このまま失いたくはない、と思った。

あれから城は、それまでとは打って変わり、和やかな雰囲気が漂い、明るくなった。

近い将来に生まれてくる子どもの話題に花が咲き、王とカレンは幸せな日々を送っている。

◆　◆

クリスの愛馬であるマリィも、そしてレニィも、クリスの下へと戻った。

それを見届けた奏はエデンを復活させたいとクリスに懇願し、了承を得て、元の姿に戻そうとしているのだ。

湖のほとりに、二階建の建物がある。かつてのエデンにはなかったものだ。

ジョハネの下を離れてエデンの復旧に携わることになった奏の研究所兼別荘として、クリスが建てさせた。

景観を損なうことなく建てられたそのアイボリーの建物は、ロッジと呼ぶには豪華すぎて、ルネサンスの小城か、またはレジデントのよう。

「……ソウ、一体いつまで待てばいいんでしょう。お茶ももう三杯めですよ」

明らかに不機嫌な声が、建物のテラスから聞こえてくる。

黙々と作業する奏に、クリスは待ちぼうけをくらわされていた。

ちょうどティータイムの頃に訪れたクリスに、奏はお得意のローズティーを淹れて歓待した。それに気を良くしたクリスは、その後、土にまみれる奏の姿を楽しげに眺め見ていた。が、幾ら待てども、奏の作業の手は止むことがなく、すっかり陽も落ちて、クリスの我慢も限界すれすれまできていた。

「え？　あ、あぁ、ごめんなさい。じゃ、続きは明日に…………………え…？」

作業を終えようと、空を見上げた奏の目に飛び込んできたもの、それは満天の星と——

——オーロラだった。

片手にスコップを持ったまま、奏は呆然と見上げた。きらきらと輝く緑や紫色の大きな光のカーテンが、まるでエデンに降ってくるように揺らめいている。

「……す…ご………い」

雨上がりの空に掛かる七色の虹も素敵だが、もっと高貴で、もっと儚げで、だけど強くて壮大だ。

感無量（かんむりょう）で見上げていると、強く優しい腕に背後から抱き締められた。

「あ……クリ…ス」

「エデンのオーロラを、やっと二人で見られましたね」

クリスの言葉に奏は大きく頷いて見せる。クリスはそんな奏の左手の指に、自分の指を絡めた。

互いの温もりが伝わりあう。

「ソウ…オーロラが姿を現している今、あなたと交わしたい約束があります」

「え…?」

急に真摯な表情と話し方に変わったクリスに、奏は緊張する。

繋いだ左手をゆっくりと持ち上げられ、金のブレスレットに触れられる。

クリスは取り出した小さな鍵を使い、カチリ、とブレスレットを外した。

「えっ……?　な…なん…で?」

ふっと、腕が軽くなる。その感覚に、奏は寂しさを感じた。

装着された時は、ただの枷（かせ）でしかなかったブレスレットが、知らぬ間に、手首にあるのが当たり前になっていた。クリスの大切な者、という肩書きに、幸せまで感じるようになっていただけに、なぜ今頃になって外されるのかがわからず、泣きそうになる。

けれどオーロラやキングス・ローズのように、気品と艶やかさを兼ね備えた美しい笑顔がそこにあり、愛しげに奏を見つめていた。

「あ、あの…クリス…？」

不安を声音に表して尋ねると、クリスの唇が奏の左手の薬指にきゅ、と押し当てられた。

「ん…っ……」

柔らかな熱を感じて頬を赤くする奏に、クリスはふわっと微笑んだ。

「このブレスレットは、僕の大切な者だという証しでした。そしてこれは……僕の花嫁だという永遠の約束」

奏の指にリングが通された。

「……あ…」

金に薔薇が彫り込まれたリングが、オーロラの輝きを反射して七色に光る。

「ソウ、僕は生涯の愛をあなたに誓います。あなただけを愛し、ずっと護り抜いていきます」

真っすぐ、真剣な眼差しで告白される。奏の胸が焦がれるように胸が熱くなった。

切なさ、悲しさ、そして愛しさ。

クリスとならば、全ての感情を共有できる。そんなふうに思う。

「オレも……オレもクリスだけが…好き、大切。クリスのそばに、一番近いところにいつもいたい………愛してる」

やっとの思いで告げたこんな不器用な愛の告白を、クリスは心からの愛を込めた眼差しで受け入れてくれる。

オーロラの下、神聖なる誓いの口づけを交わす――。

これから先、何度口づけを交わし、抱き合い、幾つの愛の言葉を囁き合うのだろう。

クリスと奏だけの、新しい伝説が時に刻まれる。

この秘密の花園で。

ＥＮＤ

オレだけの白薔薇

「やっぱり春はいいな」

奏は店内の花を眺めて、満面の笑みを浮かべた。

チューリップ、スイートピー、フリージア。カンパニュラにカーネーション――。

色とりどりの花が競うように咲いていても、主役はやはり花の女王と呼ばれる薔薇だろう。しなやかなドレープが美しい外見だけでなく、魅惑的な香りで人を魅了する。

半年ぶりに日本に帰国した奏は、叔父が経営する花屋にいた。

エデンでクリスに求婚されたあと、両親に報告するために帰国したとき以来だ。

そのときは、クリスも同行すると言ったが断った。いきなり一国の王子を連れ帰って「結婚します」なんて言えば、両親の衝撃は計り知れないと思ったからだ。

奏の告白に両親はなんの冗談だと笑ったが、それが本気だとわかったときは、酷い動揺ぶりだった。

だが、そんな反応は覚悟していた。

ずっと奏の意思を尊重し、応援してくれている父母のことだ、絶対にわかってくれるはず。簡単ではなかったが、真剣に思いを伝えると理解を示してくれた。

それから半年が経った。

エデンの復旧に精を出す奏に、ジョハネから折り入って相談があると連絡が入ったのが一週間前だ。

新種の薔薇を開発する過程で突然変異が起こり、限りなく黒に近い薔薇ができたらしく、その貴重な株が手に入ることになったというのだ。

黒い薔薇といえば、唯一トルコの限られた地域にのみ生息する種がある。しかし実物はというとワインレッドだ。ネットや写真で見る殆どは黒く加工されている。

ジョハネが加工を施すわけがない。だから、メールで送られてきた画像を見た奏は息を呑んだ。穴が開きそうなほど携帯の画面を凝視したあと、我に返って急いでジョハネに電話した。

その黒薔薇を産みだしたのはひとりの日本人で、薔薇の保全、研究に関する事業を行っている「薔薇文化研究所」を通じて、ジョハネに分析研究の打診があったということだった。ジョハネは快諾し、株分けする前の自然の状態を見たくて訪日を決めたという。折り入っての相談とは、奏に通訳兼助手として同行してもらえないか、というお願いだったのだ。

興味をそそられないはずがない。興奮も露わに、「もちろん！」と即答しかけた奏だが、左手の薬指に光るリングを見てハッとした。クリスに話さず決めるわけにはいかないと思った。

ほかでもないジョハネからのお願いだし、心は既に黒薔薇のことでいっぱいだった。だが事情を伝えて返事を待ってもらうことにした。

公務から帰城したクリスに話すと、十日も会えないのは淋しいと抱きしめられた。

愛しいクリスの腕に包み込まれると、どこへも行きたくなくなる。

それでなくても、ここのところクリスとはすれ違い気味だった。

いまこの国は、王子の生誕に沸いている。王に至っては、公務を減らし王子にべったりの溺愛ぶりを発揮している。

そのためクリスは、必ずしも王でなくてもよい公務を任され、多忙を極めている。

だけど、奏と過ごす時間が減るのに落胆はしても、王から信頼を得ていることに嬉しそうだ。奏も、以前の確執を知っているから、そんなクリスを見ているのは素直に嬉しかった。

アイスブルーの瞳で見詰めながら、甘いキスをくれたクリスの唇が「いってらっしゃい」と囁いた。

そうして日本に来て三日。

帰国してすぐに、薔薇文化研究所の担当者とともに、黒薔薇を生みだした薔薇職人のもとへ向かった。

その黒薔薇は色も形も画像のままだった。奏とジョハネは、言葉をなくして釘付けになった。

正式にジョハネが分析研究に携わることになり、いまはその準備と手続きを進めてもらっている。

その間、ジョハネは大阪で大学講師をしている旧友に会いに行っている。そこで奏は、小さい頃から大好きだった叔父の花屋を訪れていた。

どの花も奏の目を愉しませてくれるが、やはり薔薇は特別だ。

奏に全幅の信頼を寄せている叔父は、店内の薔薇の扱いを好きにさせてくれる。一輪ずつ状態を見て、話しかけながら霧吹きで水をやったり、余分な葉を落としていく。昼食も摂らずに甲斐甲斐しく世話をする様を見て、「変わらないな」と笑われてしまった。

ひと通り世話を終えたタイミングで、背後に人の気配を感じた。

客だろうか。

「いらっしゃいま…」

振り返った奏は、笑顔を張りつかせたまま固まった。

店先に出されている白薔薇の鉢植えの傍に佇んでいる人が、クリスに見えたからだ。

そんなはずはないと瞬きしても、柔和な笑みを浮かべてこちらを見ている青年の姿は消えない。

「ソウ、元気そうでなによりです」

甘く、涼しげな声音に、思わずあげてしまいそうになった声をなんとか呑み込んで、奏は大きく息を吐いた。

「どうしてもソウに会いたくなって、スケジュールを調整して会いにきました」

地球の裏側から来たとは思えない口調でさらっと言う。

白シャツにグリーンのテーパードパンツというラフな出で立ちで、ゆっくりと歩み寄ってくるクリスの後ろにはレニィが従っていた。

出発前にクリスに訊かれて、薔薇文化研究所の所在地と奏の実家、立ち寄るだろう叔父の花屋の住所は知らせておいた。

だがまさか、やって来るなんて思いもしなかった。

「連絡してくれれば空港まで迎えに行ったのに」

「ソウの驚く顔が見たかったので」

期待通りの反応だったらしく、クリスは満足そうだ。

「先にソウの実家へ伺ったのですが、ご両親は不在でした」

そう言って奏の手を取り、薬指のリングと甲にくちづける。

ぼうっとクリスに見蕩(みと)れていると、すっ、と端整な顔が近づいてきた。

「…わぁっ」

くちづけの気配に、奏は驚いて咄嗟(とっさ)にクリスの胸を押した。

阻止(そし)されたクリスが怪訝(けげん)そうに片眉を上げて、無言で抗議する。

「だ、だって、待って？　ここ、お店だし、人に見えちゃうからっ！」

ほら、と言うように店先へと目線を送る。

店は比較的人通りの多い商店街の中にある。いまは夕飯の買い物客で賑わっていて、人が絶えない。

奏の目線の先を一瞥したクリスが小さく息を吐いて、視線を戻した。

「僕の妻は恥ずかしがりやですね。まぁいいでしょう、我慢しますよ。……その代わり夜は覚悟しておいてください」

そういう問題じゃない。奏は内心で突っ込みを入れるが、続いた言葉に絶句して顔を上気させた。


キングサイズのベッドのスプリングが弾む。

「…クリ…ス、っあぁ…っ！」

「…っ、ソウ…」

深みを何度も突き上げられ、極めた奏の中がきゅううっと収斂する。

直後、クリスが低く呻いた。

最奥が熱い飛沫に濡らされる感覚に、ふるりと腰が揺らいで力が抜けていく。

「……は…ぁ」

果てて脱力したクリスの身体が奏の上に重なる。その重みを愛しく感じながら呼吸を整えていると、キスが顔中に降ってきた。

「…どこか痛かったり、つらいところはありませんか？」

奏の瞳を覗き込んで、クリスが心配そうに問うてくる。ううん、とほほ笑んでみせると、ほっとした顔で髪を撫でてくる。

「ごめんなさい。僕としたことが…夢中で求めすぎました」

奏の横へ移動し、腕枕をしてくれながら吐露する。

確かに今夜の行為は激しかった。情熱的というよりは渇望を感じる交わりだったように思う。

だけど暫く抱き合えていなかったのだ。

それに、決して性欲を満たしたい一心で求められたわけじゃない。

髪を撫で梳く繊細な指先、優しいキス、慈しむように見詰めてくるアイスブルーの瞳。

どれをとってもクリスから愛情を感じる。

そしてなにより、いま奏の胸の中が温かい。

「愛するひとに求められることほど嬉しくて…しあわせなことはないよ」

照れつつ言葉にすると、クリスが目を細めた。

「ソウ…」

大好きな声で呼ばれて抱き寄せられると、心臓がとくんと鳴った。

「クリス」

奏も呼び返して、心地好さにうっとりと目を閉じる。

呼吸も落ちつき、ゆっくりと四肢から力が抜けていく。今夜はとても良い夢が見られそうだと思った。

それなのに。

「ねぇソウ……もう一回…いいですか？」

囁きにぎょっとして、閉じた目が自然にぱちっと開いた。

「く、クリス？　そのセリフ、ちょっと前も聞いたんだけど…」

無我夢中で求め合い、だけど一度じゃ足りなくて二度目は一緒に達し、これ以上ない充実感を味わったのだ。このままふたりで同じ夢が見られたら…と思ったのに。

「駄目ですか？」

「…う」

だが優しく背中を撫でられ、耳朶(じだ)を甘咬(あまが)みされながら訊かれると、奏は首を横に振れなくなった。しかも、クリスがほんとうにまだ奏を欲していることは、腿に当たる熱でわかる。

体格も体力もクリスが勝る。その気になれば強引に抱くことだってできるのに伺いをたてるのは、奏の身体を気遣ってくれているから。

そうわかるから、請われると拒否できない。

それに相手を想う気持ちは、奏だって負けていないと思う。日本にまで会いに来てくれたクリスが愛しくてたまらない。顔を見てキスをして、抱きしめられると、ずっとこうしていたいと思ってしまう。

すこし逡巡してから、イエスの意味で顔を上げると、クリスが艶やかに笑んだ。そっと優しいくちづけが瞼に落ちる。

「愛しています。僕のソウ…」


叔父にクリスを紹介してから実家へ戻ると、両親が帰宅していた。クリスの来日に、両親の仰天ぶりが凄かった。

特に母は、生で見るクリスの美しさに度胆を抜かれたようで、麗しい所作も相俟って、すっかり虜になってしまった。

陽が落ちた頃、クリスと一緒に彼が滞在するホテルへ向かうと、最上階にあるフレンチレストランが予約されていた。

都内の夜景を一望できるラグジュアリーな空間で、美味しい料理に舌鼓を打ち、ふたりきりの時間を愉しんだ。

そのあとは部屋へ。

王城に住んでいるから、ちょっとやそっとの豪奢さに驚いたりはしない。それでも一部屋しかないデラックススイートルームの広さや、高価そうな調度品に目を瞠った。

薔薇のアロマが香るバスルームでは、互いの身体を洗い合った。クリスが微妙な場所に触れてくる度に煽られ、はしたないと思うのに奏の下腹部は兆し始めてしまった。

それに気づいたクリスに抱かれて、天蓋つきの大きなベッドに運ばれた。

濃密な夜を過ごし、心も身体も満たされた——のが、昨夜までの出来事。

そして今朝。

ホテルの部屋で朝食を済ませると、クリスが唐突に「デートがしたい」と言った。

過密スケジュールの合間を縫って、お忍びでやってきたクリスは今晩には帰国してしまう。

奏もクリスと日本で思い出をつくりたいと思った。

クリスの国、ノースエルヴのニュースは日本では殆ど流れない。クリスが東京の街を歩いていても、プリンスだとはまず気づかれないだろう。しかし念のため、レニィを含む数人の護衛を帯同することになった。

デートコースは日本へ来る飛行機の中で考えてきたらしい。インターネットで調べて、奏と行きたいところをピックアップしてきたのだと聞いて感激した。

水族館を訪れ、賑やかなショッピングモールを見て回り、スカイツリーの展望デッキから街を眺めた。

そんな定番のデートコースを巡ったが、どこへ行ってもクリスはご機嫌だった。

自国では、街でプリンスを見かけたとなると大騒ぎになるので、こんなふうに気楽に民間の施設に出掛けられない。

奏もクリスと一緒にいられてしあわせだし、リラックスしている彼を見ているのは愉しかった。

しかし今、人気のパンケーキ店にいる奏の気分は冴えなかった。

「お先にお飲み物をお持ちしました」

注文した紅茶がテーブルに置かれた。

「アリガトウ」

華やかな笑みを添え、奏が教えた日本語で礼を言うクリスに女性店員が頬を染める。

「あっ、は、はいっ。あのっ…ごゆっくりどうぞ」

ワントーン高い声で言って一礼し、何度も振り返りながらテーブルから離れていく。

奏はまたかと些かうんざりしながら、紅茶に角砂糖を落とした。

今度は、隣のテーブルに案内されてきた客から黄色い声があがった。ちらりと見遣ると、若い女性客ふたりがこちらを見て、笑顔でなにやらひそひそと言い合っている。

彼女たちだけじゃない。すこし離れたテーブルの客からも視線を感じる。

『ちょっと見て、あそこのテーブル！』

『えっ、えっ、ヤバイヤバイ！』

『モデルかな？』

『超かっこいい…』

『王子様みたい』

王子だよ、と胸の中で突っ込みを入れて、奏はため息を零した。

朝、ホテルを出てからずっとこんな調子なのだ。

国にいても人目を惹くクリスの完璧な容姿は、日本だと目立って仕方がない。

通りを歩いていると皆が振り返り、目が合おうものなら赤くした頬を押さえてはにかむし、すこしでも傍にいたがるような素振りを見せる。

クリスは一切反応しないし、いざとなれば護衛がガードに入るから、近づいたり触れたりすることはできない。

奏も最初のうちは凄いなと思い、優越感にすら浸っていた。だが、行く先々でこんな具合で、もどかしさが増していった。

クリスはオレのだ！　なんて何度も主張してしまいそうになって、自分にこんな独占欲があったことにも驚いている。

スプーンを回しながら、またため息が出た。

「ソウ、どうかしましたか？」

クリスの声に、奏はびくっとして手を止めた。砂糖はもうとっくに溶けている。ずっとくるくると掻き混ぜ続ける様を不審に思ったのか、クリスは首を傾げていた。

奏は軽く咳払いをして、スプーンをソーサーに戻した。

「なんでもないよ。ちょっとぼーっとしちゃっただけ」

「ぼーっ…と？」

咄嗟に言い繕った奏の言葉を反芻したクリスの表情が曇った。

「なぜ…」

クリスが身を乗り出しかけたところで、「お待たせしました」と店員がパンケーキを運んできた。

「あ…ドウモアリガトウ」

クリスの片言の日本語に、店員はとびきりの笑顔を見せる。

隣のテーブルでは、奏たちのパンケーキとおなじものを注文して、きゃっきゃと盛り上がっている。

　奏はもやっとしたが、同時に彼女たちの反応もわかる気がした。彼女たちからしてみれば、人気アイドルやモデルに偶然出くわして、はしゃぐようなものなのだろう。

　なんにせよ、クリスとふたりでいられる時間はあとすこしだ。つまらない嫉妬で、大切な時間を無駄にするわけにはいかないと、気持ちを切り替える。

「ちょっと歩き疲れちゃっただけだよ」

　小さく肩を竦めて言った。

　クリスの視線を感じながら、ナイフとフォークを手にする。

「美味しそうだね」

　にっこり笑いかけても、クリスはじっと奏の顔を見ている。

「嘘ですね」

　静かにそう言って、ぴかぴかのナイフを手にした。

　その様子に、奏はびくっとしてフォークを落としかけた。慌てて持ち直して、なんとか落とさずに済んだが、自然に喉がごくりと鳴る。

　城のライブラリーで、自分には恋人がいると嘘をついたときのクリスの顔が脳裏に浮かんだのだ。

　奏の恋人を殺すと言って、剣の切っ先を向けられた。

あの頃はまだクリスの真意は知れなかったし、互いのことを知らなさすぎた。

その結果、クリスが怪我をしてしまった。

クリスは優しいけれど、激しい一面も持っている。

奏は元々嘘をつくのが苦手だし、一緒に時を過ごして互いを理解しあった今は、あの頃とは違う。クリスを誤魔化せないということも知っている。

ナイフで、おかしなことをするはずがない。だけど、こうなっては本当のことを言わないと、蟠りが残ると思った。

ナイフとフォークを置いてクリスの顔を見る。

「…ごめんなさい」

まず謝ると、ややあってクリスの双眸から険しさが消えた。

「わけを訊かせてもらえませんか？　時間が経つにつれてソウの表情が暗くなっていくなと、ずっと気になっていました」

「え？」

まさか気づかれていると思わなかった。

「でもソウが元気がない理由がわかりません。僕といるのがつまらないのか、薔薇のことを考えているのか…。ソウにもデートを愉しんでほしかったのですが……僕はまだソウのことを全部わかっていない。だめな伴侶ですね」

視線を下げるクリスに、奏は慌てて首を横に振った。

奏の変化に気づいていながら、いや気づいていたからこそ、クリスはずっと機嫌よく振舞っていたのだろうか。そう考えると申し訳なくて胸が痛んだ。

「ごめん、クリス。ちがうんだ。そうじゃない。オレはただ…」

「ただ？」

「…みんながクリスを見るから…。クリスは…オレのなのに…って」

「は？」

わけがわからないといったふうなクリスの反応に、奏の顔がかあっと熱くなった。

咄嗟にフォークを手にして、大きめにカットしたパンケーキを口に放り込む。

「お、美味しい。ね、クリスも食べてみて？」

もうこの話は終わりにしたかった。それなのに、クリスが不思議そうに奏の顔を覗き込んでくる。

「ソウ、もしかしてヤキモチですか？」

「――っ！」

ストレートに訊かれて、奏は咳き込んでしまった。図星（ずぼし）だった。

「大丈夫ですか？」

クリスが背を撫でようとするのを制して、ナプキンで口を拭う。周りから好奇の眼差しが向けられていることに気づいて、居た堪れなさにパッと目を逸らす。

クリスに視線を戻すと、嬉しそうに笑っていた。

「ソウがヤキモチを焼いてくれるなんて嬉しいです」

そう言われ、奏は照れくさくて、うぅと唸ることしかできない。

「だって、初めてでしょう？　僕のことでやきもきして、そんなふうになるのは。ふふ、それだけでも日本にきた甲斐がありましたよ。そんなソウも凄くかわいいです。…うん、美味しい」

厳密に言えば初めてじゃない。

クリスがカレンのことを好きなのかもしれないと勘違いしたとき。いま思えば、あれもヤキモチだったのだと思う。

そんなことを思い出したが、クリスの嬉しそうな顔を見たら、どうでもよくなった。

「次はどこへ行くの？」

気を取り直して訊ねると、クリスがすこし淋しそうに「空港」と言った。

そうか、もうそんな時間か。

「オレも行く。見送りたい」

「ありがとうございます」

そうして奏とクリスは時間いっぱいまでデートを愉しむと、レニィが手配した車で空港に向かった。

車中では、どちらからともなく手を握り合った。指を絡めて繋ぎ、離れている間も互いの体温を忘れないように身を寄せ合った。

「昨日と今日は、とても愉しかったです。またひとつ、ソウとの素敵な思い出ができました」

保安検査場の前で、笑顔のクリスがそう言って奏の両手を取る。奏はその手を握り返しながら、ちいさく肩を竦めた。

「まさかクリスが日本に来るなんて、思いもしなかったけどね」

「驚いたでしょう?」

「凄くびっくりした。でも会えて嬉しかったし、一緒に出かけられて、とっても愉しかった」

「僕もです」

「一泊二日の旅だなんて…慌ただしかったけどね」

「ええ。殆どが空の上です」

ぷっと同時に吹き出す。そして見詰めあった。

フライト時刻が迫り、クリスが乗る飛行機の最終アナウンスが流れる。

名残惜しくて離せない手を、クリスが強く握った。

先に口を開いたのは奏だった。

「国に帰ったらまた忙しい日が続くと思うけど、身体に気をつけてね」

「ありがとうございます。ソウも元気で戻ってきてください」

クリスが真剣な表情をするから、つられて奏の顔からも笑みが消える。

「ソウ…。…ワタシハ…」

突然放たれる日本語に、なんだ、と奏の目が丸くなる。

奏の顔をじっと見詰めたまま、クリスがゆっくりと続けた。

「ハナレ…テイルトキモ、ソバニイルトキモ…イツモ…アナタヲ…ソウヲ、オモッテイマス。ソウヲ、ココ…ロカラ…アイシテイマス」

すべて日本語だった。

いつの間に調べたのか。ぎこちなくて微妙な発音だったが、クリスの気持ちはしっかりと奏に伝わった。

胸がきゅんとして、鼻の奥がつんと痛くなった。愛しさが溢れて泣けてくる。

数日後には会えるというのに、暫しの別れが酷く切ない。

「クリス…」

じわ、と濡れる瞳で見上げると、そっと手を引かれ、クリスの腕の中に抱き入れられた。

優しい手に髪を撫でられる。

もう人の視線は気にならなかった。それよりクリスを感じたかった。

奏もクリスの背に腕を回した。

「ありがとう…オレもクリスを…愛しているよ」

いろんな感情で胸がいっぱいで、クリスにしか聞こえない小さな声になってしまった。

でも抱きしめる腕の強さが増したのは、奏の言葉もクリスに届いたからだろう。

そっと耳朶にくちづけられた。

「愛しい僕の妻。待っていますよ…――ノースエルヴ(わが国)で」

甘く美しいクリスの声が、奏の心を震わせた。

END

■あとがき■

はじめましての方もそうでない方も、こんにちは。水杜(みずもり)サトルです。

この度は「白薔薇のくちづけ」をお手に取ってくださいまして、誠にありがとうございます。

この本は、私の記念すべき初ノベルスの文庫版です。自身の著書が新装版として出版されるなんて思いもしなかったことなので、担当さまよりお話をいただいたときは、それはもう驚きました。しかも初ノベルスというだけではなく、十年も前の本です。

だけど当時の好みを詰め込んで、思うように執筆させていただいた特別思い入れのあるお話なので、すごく嬉しかったです。なんと言ってもクリスが好みすぎて(笑)

ひゅら先生が、文庫版のイラストを担当してくださいました。本編の改稿と書下ろし番外編を執筆中に表紙カバーを見せていただき、エデンがカラーに！　と感動しました。

ひゅら先生、美麗なふたりを描いてくださいまして、誠にありがとうございました。

さて。ここに記(しる)そうかどうしようかと迷いましたが…実はこのお仕事中に身内を亡くしました。加えて、様々な出来事が重なって心労が募り、処理すべき物事のために時間が必要な中、更にスケジュールがタイトになって、パニック寸前になりました。

ですが、なんとか。ほんとうになんとかぎりぎりな感じでしたが、無事に世に送り出せる運びとなり、ほっとしています。

私を見つけてデビューまで導き、このお話を書かせてくださった担当様。その担当様から引き継いで面倒を見てくださいました担当様。そして、いつもお手を煩わせ、お世話をお掛けしています現在の担当のF様。感謝の気持ちでいっぱいです。

そうそう。ノベルスでは北欧の小国としか書いていませんでしたが、改稿により国名を出すことにしました。ノースエルヴは「北の河」という意味です。クリスを北欧の神秘的な深い森の中を流れる清流に譬えました。はい。クリス大好きな親バカ精神です。

末筆になりましたが、本作を読んでくださいました読者の皆さま。ほんとうにありがとうございます。感想などお聞かせいただけましたら幸いです。

これからも頑張っていきますので、よろしくお願い致します。

また、お会いできますことを祈って。

水杜サトル

水杜サトルの創作活動情報や生存確認ができます。ぜひ遊びにいらしてください。

【Twitter】@satoru_miz153　【pixiv】ID:871611

初出
「白薔薇のくちづけ」
2007年ショコラノベルス・ハイパー「白薔薇のくちづけ」加筆修正
「オレだけの白薔薇」書き下ろし

この本を読んでのご意見、ご感想をお寄せ下さい。
作者への手紙もお待ちしております。

あて先
〒171-0014東京都豊島区池袋2-41-6
第一シャンボールビル 7階
(株)心交社　ショコラ編集部

白薔薇のくちづけ

2018年12月20日　第1刷

© Satoru Mizumori

著　者:水杜サトル
発行者:林 高弘
発行所:株式会社　心交社
〒171-0014　東京都豊島区池袋2-41-6
第一シャンボールビル 7階
(編集)03-3980-6337 (営業)03-3959-6169
http://www.chocolat_novels.com/
印刷所:図書印刷 株式会社

本作の内容はすべてフィクションです。
実在の人物、事件、団体などにはいっさい関係がありません。
本書を当社の許可なく複製・転載・上演・放送することを禁じます。
落丁・乱丁はお取り替えいたします。

ナンバーコールを聞いたあと

くもはばき
イラスト・みずかねりょう

“君”という生き甲斐に俺のすべてを賭けたい

新宿歌舞伎町でホストをしている鷹愛は、付き合いで店を訪れたデイトレーダーの政峻の接客につく。夜の店に似合わない爽やかな風貌の彼は、その日のうちに鷹愛を本指名し、高額なボトルを入れてくれた。そして一目惚れをした、恋人になりたいと鷹愛に告白をしてくる。始めは自分の一番の太客になってくれたらと気を持たせる言動をしていたが、徐々に彼の真っ直ぐなアピールに惹かれていき…。

CHOCOLAT BUNKO
好評発売中！

王は花冠で求愛する

水杜サトル

イラスト・北沢きょう

ずっと好きだった。好きだから、抱きたい。

失業し彼女にも振られ失意のどん底にいたある日、九坂紘人の下に疎遠になっていた幼馴染、トマシュ・バーベンベルクから手紙が届く。誘われるまま、かつて暮らしていた東欧のヴルタヴァ王国を訪れた紘人は、二十年ぶりに再会したトマシュが実は王族で国王になったことを知る。さらに愛を囁かれ戸惑うものの拒絶しきれずトマシュに抱かれた紘人は、自身もまた同性で身分違いの彼に惹かれていることを自覚するが……。

CHOCOLAT BUNKO
好評発売中！

キスの誘惑 蕩ける身体

水杜サトル
イラスト・御景 椿

僕たちに触れられるのは嫌？ それとも怖い？

モルセンブルク大公国の全寮制学校に通う理久・マイヤーは卒業生に会うため帰省するが、両親が事故で亡くなり血のつながらない兄に邸を追い出されてしまう。理久は教会へ向かうが途中で倒れファベール家の双子の息子、アンリとシャルレイに保護される。しかしすべての記憶を失っていた。家族からの連絡を待つ間、理久は邸においてもらうことになるが、ある日ふたりからキス以上のことをされてしまい──。

CHOCOLAT BUNKO

好評発売中！

月夜に眠る恋の花

水杜サトル
イラスト・御園えりい

私のものになると誓え

商談のためにエジプトへ赴いた草薙朋哉は、訪れた店で男たちに襲われそうになっているところを、偶然居合わせたルシュディー・アンワルによって助けられる。だが媚薬を使われていた朋哉は彼のものになると誓わされ、隣国グラン王国に連れ帰られてしまう。仕事があるので帰して欲しいと朋哉はルシュディーに訴えるが、自分のものをどうしようと勝手だと、砂漠に建てられた邸に閉じ込められてしまい——。

CHOCOLAT BUNKO

好評発売中！

王子様と鈍感な花の初恋

名倉和希
イラスト・ひゅら

この二人、焦れったすぎる。

王の隠し子ジョシュアを託され、王妃の刺客から逃れながら必死で育ててきたジーン。だが体は弱るわお金はないわで「もう体を売るしか…？」と絶望していたとき、ジョシュアの兄である王子ナサニエルの使者が現れ、二人は秘密裏に保護された。凛々しく堅物だが優しいナサニエルは衰弱したジーンを気遣い、やや的外れな贈り物を毎日のようにくれる。そのためジーンは王子の愛人と誤解されることになり……。

CHOCOLAT BUNKO 好評発売中！

蟻の婚礼

手嶋サカリ
イラスト・Ciel

俺はお前と恋愛するつもりはない

氷に閉ざされわずかな大地で女王を頂点とした《蟻人》と《人間》の世界。女王が崩御し、蟻人から忌まれる《人間》ミコトに次期女王の御印が現れる。二十日間で女王とならなければ、待つのは死。その儀式に共に臨み交わらねばならない王候補――高校時代憧れていた《翅を持つ蟻人》で第五宮家第一王子のハヤトは冷たく、真意はわからないまま。それでも儀式によって発情させられたミコトの身体は、彼を求めるようになり…。